DINA BERKEFELD

HALBSCHNITT

Über die Autorin:

Dina Berkefeld wurde 1987 in Braunschweig geboren und lebt seit 2014 in Hamburg. Während der Corona-Pandemie erfüllte sie sich mit ›Halbschnitt‹ den lang ersehnten Wunsch, ihre Gedanken und Ideen in einem Roman zu verarbeiten.

DINA BERKEFELD

HALBSCHNITT
ES IST MEIST HEITER.

ROMAN

Bibliografische Information der Deutschen
Nationalbibliothek:
Die Deutsche Nationalbibliothek verzeichnet diese
Publikation in der Deutschen Nationalbibliografie;
detaillierte bibliografische Daten sind im Internet über
http://dnb.dnb.de abrufbar.

© 2023 Dina Berkefeld

Lektorat, Satz und Layout: Sebastian Koepke-Millon
Umschlaggestaltung: Vanessa Menke
Coverfoto, Setting und Styling: Martin Hass und Anja Sorger

Herstellung und Verlag: BoD – Books on Demand,
Norderstedt

ISBN: 978-3-743-16376-8

1. Auflage 2023

*Für Dich,
eine Schatulle voller Gedanken und Liebe.*

INHALT

Zwei Zimmer plus Balkon	9
Willkommen in Hamburg	17
Luftpolsterfolie	24
Flucht durch die Hintertür	36
Mädelsabend	40
Kommando Konfetti	47
Der Entschluss	57
Kaffee Martini	62
Schwerelos	66
Bauchgefühl	81
Jobwechsel	91
Problem und Lösung	98
Techno im Kopf	101
Zwetschgenkuchen	108
Das letzte Puzzleteil	115
Teeküche I	119
Clubbesuch mit Folgen	124
Teeküche II	129
Ein Leuchten am Himmel	132
Grau und leer	141
Es kommt, wenn es kommt	148
Meist heiter	160
Neuanfang	164
Danksagung	171

ZWEI ZIMMER PLUS BALKON

Die letzte Umzugskiste ist gepackt – es ist geschafft. In der Küche schenke ich mir den Rest aus der Weinflasche vom gestrigen Abend ein. Ich nehme einen großen Schluck und verspüre Dankbarkeit für die letzten Jahre hier. Aber auch dafür, dass sich unverhofft der neue Job ergeben hat. Das Angebot kam genau zum richtigen Zeitpunkt und ich habe, ohne groß darüber nachzudenken, zugesagt.

Es war eine aufregende Zeit in Hannover, die ich nicht missen möchte. Hier habe ich angefangen zu studieren – und mein Studium abgeschlossen. Vor allem aber habe ich wunderbare Menschen kennengelernt. Ich lasse alles ein letztes Mal an mir vorbeiziehen und nehme dabei die vielen, ganz unterschiedlichen Facetten noch einmal wahr – gleichzeitig aber auch, dass es Zeit für eine Neuorientierung ist. Leicht fällt es mir allerdings nicht, meine Freunde hier zurückzulassen und in eine Stadt zu gehen, in der ich niemanden kenne.

Die Beziehung mit Jonas, den ich während des Studiums kennengelernt hatte, liegt bereits vier Jahre zurück. Gehalten hat sie drei. Es war eine bedeutsame Zeit für mich, die mit einem großen Knall endete. Beim Brötchenholen traf er zufällig seine erste Freundin aus der Schulzeit wieder. Er hat es danach noch eine Weile mit mir versucht, konnte sich aber nicht gegen die wiederaufkommenden Gefühle wehren und entschied sich letztlich für sie und gegen mich. Wochenlang habe ich nur geweint und mich elend, ungeliebt und leer gefühlt. Den Bäcker gleich um die Ecke habe ich nie wieder betreten – obwohl es dort die besten Croissants überhaupt gibt. Erst jetzt fühle ich mich bereit für Dating. Ich möchte mich neu verlieben. Von dem Umzug nach Hamburg erhoffe ich mir, künftig wieder eine tiefere Zufriedenheit verspüren zu können. Das bedeutet mir mehr als glücklich zu sein, denn die sich immer wieder entwindenden Momente des Glücks bieten auf Dauer keine Stabilität. Wenn ich aber ausgeglichen und mir genug bin, kann ich wahrhaft zufrieden und stets mein eigener Halt sein.

Ich setze das Glas erneut an, dann ist es leer. Auf einen Zettel schreibe ich einen letzten Gruß an Silvia, die die WG übernehmen wird: »Hab es gut hier in meiner Wohnung. Meine Zeit war meist heiter. Hannover ist so viel mehr als man zunächst sieht. Es sind die Details, die es so lebens- und liebenswert machen.« – Morgen früh kommen Maria und Paul. Gemeinsam werden wir meine Sachen und vor allem *mich* nach Hamburg bringen.

Die Junisonne strahlt mir ins Gesicht. Ich recke und strecke mich nach allen Seiten und bin froh, die nächste Nacht nicht mehr nur provisorisch auf einer Matratze ohne Lattenrost verbringen zu müssen – vorausgesetzt, wir schaffen es, heute noch das Bett aufzubauen.

Mein Rücken schmerzt. Ich schlurfe ins Bad. Am Spiegel klebt immer noch das Bild aus dem Fotoautomaten von Maria und mir – das war im letzten Sommer in Hamburg. Verrückt, denke ich, da ist es nur ein Tagesausflug mit Rückfahrticket gewesen. Jetzt aber steht ein Umzug dorthin an. Wir hatten sogar noch darüber gewitzelt, dass es mich irgendwann einmal in den Norden verschlagen würde. Exakt ein Jahr später ist es nun so weit. Wie wird es ohne die Koch- und Weinabende mit Maria wohl sein? Auch unsere gemeinsamen Runden um den Maschsee werden mir fehlen. Ich nehme das Foto ab und stecke es in meine Hosentasche. Als ich danach den Kaffee aufsetze, klingelt es bereits an der Tür. Draußen vor dem Haus steht Pauls VW-Bus.

»Und, bist du schon aufgeregt?«, japst Maria, als sie die vier Stockwerke, die hoch zu meiner Altbauwohnung führen, hinter sich hat. Dann umarmt sie mich.

Ich kichere. »Ehrlich gesagt habe ich ziemlich weiche Knie.« »Ach, Lena, das wird schon«, begrüßt mich Paul per Handschlag. Wir schleppen eine Kiste nach der anderen hinunter in den Bulli. Paul stapelt gekonnt und entgegen meinen Befürchtungen passt alles hinein. Ein letztes Mal schließe ich die Wohnungstür hinter mir. Das war es. Mach's gut, Hannover!

Bevor ich zu Maria und Paul in den Bulli steige, verspüre ich einen Kloß im Hals. Ich hole tief Luft, doch die Aufregung vor der anstehenden Veränderung ist größer als gedacht. Ich bin froh, dass Paul noch vor dem Anfahren die Musik aufdreht. Mit jedem Meter, den wir uns aus der Stadt hinausbewegen, wächst auch meine Zuversicht wieder.

Während der Fahrt singen wir lautstark bei den Rock-Oldies mit, die aus dem Radio schmettern. Währenddessen hänge ich noch meinen Gedanken nach. In den letzten Tagen und Wochen vor dem Umzug hatte es ziemlich viel zu organisieren gegeben, nebenher wollte ich aber auch meine Nachfolgerin möglichst gut ins Marketing einarbeiten. Jetzt fällt der Stress allmählich von mir ab und innerlich zerknülle ich einen Gedanken nach dem anderen, was befreiend ist. Sollte ich doch etwas vergessen haben, lässt es sich jetzt ohnehin nicht mehr ändern. Manchmal, denke ich, wäre ich gern etwas weniger gewissenhaft – andererseits ist genau das ja aber auch meine Stärke …

Als ich aus dem Fenster schaue, kommt mir die Straße bereits bekannt vor. Gleich sind wir da. Erneut spüre ich die Aufregung in mir aufsteigen. Vor dem Rotklinker ist zufällig ein Parkplatz frei, sodass Paul direkt davor halten kann. Zwei Zimmer und einen kleinen Balkon darf ich jetzt meine erste eigene Wohnung nennen. Bei der Suche hatte ich großes Glück. Die Eigentümerin stammt, genau wie ich, ursprünglich aus dem Lüneburger Umland und lebte ebenfalls einige Jahre in Hannover. So hatten wir sofort gemeinsamen Gesprächsstoff – was wohl letztlich dazu geführt hat, dass ich die Wohnung tatsächlich bekommen habe.

»Großartig!«, freut sich Maria, als sie den ersten Blick in die Zimmer werfen kann. Wir umarmen uns und ich bin erleichtert, dass es ihr auch auf Anhieb so gut gefällt wie mir bei der Besichtigung vor ein paar Wochen. Ziemlich schnell haben wir den Bulli leergeräumt und meine wenigen Möbel aufgebaut. Erschöpft lassen wir uns anschließend auf das Bett fallen. Stühle und einen Tisch habe ich noch nicht. Ich bestelle kurzerhand – im allseitigen Einvernehmen – beim nächstbesten Lieferdienst Pizza und Wein. Wenig später sitze ich Maria und Paul auf einer Umzugskiste gegenüber und starre mit der Pizza in der Hand vom Balkon aus in die Weite – sofern man hiervon beim Blick auf die nächste Häuserzeile sprechen kann.

»Geht es dir gut, Lena?«, flüstert Maria kaum hörbar.

»Ich war nur kurz in Gedanken. Heute Morgen waren wir noch in Hannover und jetzt sitzen wir hier an diesem Sommerabend in einer anderen Stadt auf dem Balkon meiner eigenen Wohnung. Das muss ich kurz sacken lassen. Außerdem bin ich gespannt, wie der erste Arbeitstag übermorgen wird.« Ebenfalls kaum hörbar füge ich hinzu, dass es mir gut geht.

Paul ist müde und lässt Maria und mir noch etwas gemeinsame Zeit draußen. Wir quatschen über alte Zeiten, alte Lieben und das Studium. Am ersten Uni-Tag hatten wir uns damals kennengelernt und sind seitdem unzertrennlich – oder waren es bisher jedenfalls. Von jetzt an leben wir in unterschiedlichen Städten und werden uns künftig weniger sehen. Maria drückt meine Hand. »Versprich mir, dass wir uns nicht verlieren!« Dabei pustet sie sich ihren braunen Pony aus dem Gesicht. Es ist unübersehbar, dass ihr eine Träne über die Wange rollt. Ich verspreche es ihr und wir umarmen uns. Es wird kalt auf dem Balkon. Daran kann auch der sommerliche Geruch nichts ändern. Wir gehen hinein. Zufrieden falle ich kurze Zeit später in einen tiefen Schlaf.

Am nächsten Tag fahren Maria und Paul nach dem Frühstück zurück nach Hannover. Ich atme tief durch, als die Wohnungstür hinter ihnen ins Schloss fällt. Jetzt bin ich allein. Ich schaue noch einmal durch alle Räume und bin zufrieden mit dem Ergebnis des gestrigen Tages. Nach einem weiteren Kaffee mit Hafermilch ziehe ich ein luftiges Sommerkleid an – ich möchte den Stadtteil erkunden.

Es gibt viele kleine Cafés. Die Menschen wirken entspannt und ausgelassen. Ohne ein bestimmtes Ziel zu haben, schlendere ich umher. Ich halte an, um mir ein Eis zu kaufen. Es schmilzt und tropft auf meine Finger, doch das stört mich in diesem Moment nicht. Ich spüre den Sommer und den Vibe der Stadt.

Abends installiere ich eine Dating-App auf meinem Handy. Für mein Profil suche ich Bilder aus dem letzten Urlaub auf Bali heraus. Dabei erinnere ich mich wieder daran, dass ich erst ziemliche Angst vor der Reise hatte – was sich im Nachhinein aber als völlig unbegründet herausstellte. Es war das erste Mal, dass ich allein auf mich gestellt zurechtkommen musste. Bali hat mir insofern gezeigt, dass der Schritt heraus aus der eigenen Komfortzone eine Überwindung ist – die aber auch neue Perspektiven eröffnen kann. Ich bin noch heute dankbar für die vielen netten Menschen, die ich dort kennenlernen durfte, und für die Yogastunden, durch die ich nicht nur meine Praxis vertiefen konnte, sondern auch meine Intuition. Von heute aus betrachtet hat diese Erfahrung mir sogar Mut gemacht, auch jetzt einen großen Schritt allein zu gehen.

In der App wische ich mehr nach links als nach rechts. Ein paar Treffer ergeben sich dennoch. Ich verabrede mich für Mittwochabend mit Tim an der Bahnstation Sankt Pauli. Mein erstes Online-Date.

Am Morgen darauf betrete ich das gläserne Bürogebäude, das auf einmal auch von innen sehr steril wirkt. Der Blumenstrauß am Empfang strahlt mehr Tristesse als Lebendigkeit aus. Als ich vor ein paar Wochen zum Vorstellungsgespräch hier war, hatte ich einen ganz anderen Eindruck gehabt. Alles hatte so gestrahlt und irgendwie edel gewirkt. Habe ich mich blenden lassen? Oder bin ich gerade einfach überfordert von den vielen Eindrücken, die auf mich einprasseln?

Mein neuer Chef holt mich am Empfang ab. Sein aufrechter Gang und die Art, wie er sich bewegt, hatten mir schon bei unserem ersten Kennenlernen imponiert. Jedoch erinnert mich der Geruch seines Rasierwassers an das meines Vaters. Auch dieser Gedanke kommt mir erst jetzt in den Sinn. Ich hatte die ganze Zeit gerätselt, was an ihm mir so merkwürdig bekannt vorgekommen war, konnte es aber nicht benennen. Plötzlich wird mir klar, dass diese blumige und dennoch schwere Note eine der wenigen Kindheitserinnerungen ist, die ich an meinen Vater habe. Allerdings bleibt mir keine Zeit, den Gedanken weiter zu vertiefen. Ich folge dem aufrechten Gang und dem Rasierwassergeruch durch die weitläufigen Flure bis zum Großraumbüro meines Teams.

»Herzlich willkommen, Lena!«, begrüßen mich die neuen Kolleginnen und Kollegen. Die Namen kann ich mir nicht alle auf Anhieb merken. Ich stelle mich vor und fühle mich dabei, wie meistens in solchen Situationen, etwas überfordert und unsicher. Aber ich weiß auch, dass ich in der Regel nach und nach lockerer werde, wenn ich mich gut aufgehoben fühle. Und tatsächlich ist die Atmosphäre hier recht entspannt, alles fühlt sich nach einem Miteinander auf Augenhöhe an. Hier wird es sich sicher gut arbeiten lassen.

In der Mittagspause gehe ich mit in die Kantine.

»Was hat dich nach Hamburg getrieben – die Liebe?«, fragt eine der neuen Kolleginnen aus der Runde.

»Ganz und gar nicht. Ich brauchte einfach einen Wechsel. Neue Stadt, neues Glück«, antworte ich verlegen.

Ina grinst mich an. Wahrscheinlich hat sie bemerkt, dass mich die Frage nach der Liebe etwas überrumpelt hat – durch ihren markanten Kurzhaarschnitt ist ihr Name in der Vorstellungsrunde direkt bei mir hängengeblieben.

Die Informationsflut am Nachmittag überschwemmt mich. Immerhin bin ich jetzt Teil eines großen globalen Konzerns rund um unzählige Pflegeprodukte aller Art. Ich versuche mir dennoch so viel wie möglich zu merken. Ob ich hier den für mich zuletzt immer wichtiger gewordenen Aspekt der Nachhaltigkeit tatsächlich mit dem Beruf vereinen kann? Das wird sich erst noch zeigen müssen. Möglicherweise steht ja am Ende doch nur die Massentauglichkeit im Fokus – und nicht die vielversprechenden Nachhaltigkeitsstrategien, mit denen das Unternehmen für sich wirbt. Ich beschließe, den heutigen Input aber zunächst einmal wirken zu lassen.

»Du wohnst doch auch in Ottensen, oder?«, spricht mich Ina plötzlich von der Seite an. »Dann können wir uns doch gleich zusammen auf den Weg machen und dabei in Ruhe ein bisschen quatschen, wenn du Lust hast.«

Ich bin von den vielen Eindrücken geschafft. Trotzdem lasse ich mich gern zu einem Feierabendbier vor einem Kiosk überreden. Von hier aus habe ich es anschließend auch nicht mehr weit bis nach Hause.

»Cheers.«

»Prost.«

»Wie lange bist du denn schon in Hamburg – und was hat dich hierher verschlagen?«, frage ich Ina.

»Ich bin zum Studieren hergekommen und dann einfach geblieben. In der Bar hier gegenüber habe ich meinen Freund kennengelernt. Das ist jetzt gut zehn Jahre her. Krass, wie schnell die Zeit vergeht!«

Aus einem Feierabendbier werden zwei, das Gespräch tut unfassbar gut. Besser hätte der erste Tag kaum ablaufen können. Dadurch, dass wir beide Yoga machen, besteht sofort eine Verbindung zwischen uns. Schon jetzt habe ich das Gefühl, dass Ina eine Freundin werden könnte.

»Hast du Lust, demnächst mal mit zum Yoga zu kommen? Ich gehe jeden Samstag in ein Studio in der Neustadt.«

»Klar, da bin ich dabei! Ich hatte sowieso vor, mich danach umzuschauen«, antworte ich.

Beschwipst gehe ich die wenigen Meter durch den späten Abend heim. Es duftet nach Großstadt und hoffentlich nicht enden wollenden Sommerabenden. Ich fühle mich frei. Dabei hat der Weg voran kein klares Ziel, sondern er ist offen für einen Neuanfang.

WILLKOMMEN IN HAMBURG

Mit dem Fahrrad über die Reeperbahn zu fahren macht keinen Spaß. Fast überall liegt Glas. Ein ständiges Hakenschlagen, um einerseits keinen Platten zu bekommen und andererseits dem Verkehr auszuweichen. Ich bin dennoch pünktlich an der verabredeten Bahnstation; meine Reifen sind heilgeblieben. Ich weiß nicht so recht, wo ich hinschauen soll – auf den Fotos wirkte Tim zwar sympathisch, aber auch nicht so, dass er direkt aus der Masse, die sich hier tummelt, herausstechen würde. Immer wieder gehen Männer vorbei, die mein Date sein könnten. Doch keiner bleibt stehen. Ich schaue nervös auf die Uhr. Fünf nach sieben. Wenn er nicht gleich da ist, mache ich wieder los; ein Fischbrötchen am Hafen wäre jetzt auch eine gute Alternative.

»Hey … Lena?«, höre ich es plötzlich neben mir. Tim sieht anders aus als ich ihn mir vorgestellt hatte. Als erstes fällt mir sein schwarzes T-Shirt mit Aufdruck ins Auge – irgendeine Band, die ich nicht kenne, vom Schriftzug her sieht es nach Heavy Metal aus. Dazu trägt er Boots, in denen ihm bei rund sechsundzwanzig Grad ziemlich warm sein muss und die seine Beine sehr kurz wirken lassen. Maria behauptet immer, alle Männer, die mir gefallen, sähen sich ähnlich: groß, braunhaarig und mit einer kleinen Nase. Bisher habe ich das immer abgetan – obwohl da wahrscheinlich etwas dran ist.

Ich sehe neben Tim vermutlich aus wie ein Knallbonbon mit meinem Lippenstift und dem Jumpsuit (ich liebe Jumpsuits einfach, weil so immer sichergestellt ist, dass Ober- und Unterteil zusammenpassen).

»Hi, du bist Tim, stimmts?«

Er macht einen freundlichen Schritt auf mich zu. »Ich hab dich direkt an deinem Outfit erkannt. Den Einteiler trägst du doch auch auf einem deiner Profilbilder.«

»Stimmt«, nicke ich in die Umarmung hinein. Er riecht nach Tabak und Gras. – Während des Studiums hatte ich einmal Gras probiert, aber das ist nichts für mich gewesen. Rauchen hingegen verabscheue ich total. Manchmal wird mir beim Geruch einer Zigarette fast übel.

Stille.

»Wollen wir hier runter in Richtung Park und unterwegs ein Bier holen?«, schlägt Tim vor. Ich nicke wieder. Wenn ich weiter so gesprächig bin, ist der Redeanteil für den Abend klar verteilt …

Wir schlendern die Straße entlang und kommen, wenn auch schleppend, ins Gespräch. Tim wohnt zusammen mit seinem Bruder in einer WG in Wilhelmsburg. Beide studieren Politik und spielen in einer Band, die, wie er sagt, *ordentlich Rabatz* macht. Er möchte wissen, ob ich auch ein Instrument spiele.

»Nicht wirklich. Früher in der Grundschule Blockflöte, und dann Weihnachten in der Kirche. Aber der Vorhang der großen Bühnen ist für mich nie aufgegangen. Ein Glück für das Publikum!«, witzele ich.

»Jetzt klingst du aber bescheiden. Wer weiß, vielleicht wär ja was draus geworden«, nimmt er den Gedanken auf.

Ich winke lachend ab.

»Sport ist eher meins. Ich mache viel Yoga.«

»Da bin ich dann raus. Ab und an 'ne Runde kicken ist okay, aber sonst bin ich eher im Trinksport unterwegs«, grinst er.

Trinksport – klingt nach Teenagerzeit, schießt es mir durch den Kopf. Wir reden übers Reisen. Abgesehen vom Auslandssemester in Barcelona war ich bisher meist in Asien unterwegs. Vor der Trennung meiner Eltern – ich war damals vier – ging es oft auch nach Österreich. Tim hat es bisher mehr durch Osteuropa gezogen. Trotzdem haben wir jetzt ein Gesprächsthema. Am Kiosk holen wir zwei Biere und lassen uns im Park auf der Ummauerung mit Blick Richtung Hafen nieder. Die Fähre fährt, voll beladen mit Elbstrandbesuchern, an uns vorbei. Es folgen Containerschiffe mit Waren aus der ganzen Welt. Neben den Hafengeräuschen schallt aus mehreren Boxen Musik verschiedenster Stilrichtungen. Um uns herum riecht es nach Cannabis, Bier und auch ein bisschen nach Urin. Für mich aber riecht es vor allem nach Freiheit, denke ich beim Blick auf die Elbe.

»Nicht so schnell, da komm ich nicht ganz mit«, unterbricht Tim mich nach einer Weile mit einem Stupser gegen meine Schulter. Offenbar rede ich zu schnell – wie so oft, wenn ich im Fluss bin. Gerade erzähle ich über meine Kindheit in der Nähe von Lüneburg und dass ich das Toben auf dem Heuboden manchmal vermisse. Kurz denke ich dabei auch an meinen Vater, der nach der Trennung wieder nach Lüneburg gezogen war. Meine Mutter hingegen hatte Gefallen am Landleben gefunden. Die Gedanken verfliegen schnell wieder.

»Was hat dich in deiner Kindheit im Sommer glücklich gemacht?«, frage ich Tim unvermittelt.

»Weiß nicht … Eis essen oder so«, bringt er knapp hervor.

»Hast du noch mehr Geschwister als deinen Bruder?«, versuche ich einen Themenwechsel.

»Nee. Du?«

»Ja«, antworte ich, »eine drei Jahre jüngere Schwester, Julia. Sie ist ein echter Freigeist. Sie reist noch lieber als ich und träumt davon, irgendwann als Surflehrerin – am liebsten in Biarritz – zu arbeiten.«

»Versteht ihr euch gut?«, hakt Tim dann doch noch nach.

Ich erkläre ihm, dass wir eine ganz gute, wenn auch nicht zu innige Beziehung haben. Danach schaut er mich lange an, sagt aber nichts. Schließlich rückt er näher an mich heran. Ich denke darüber nach, was ich tun soll, falls er mich küssen will. Mir ist nicht danach, er ist nicht mein Typ. Dennoch genieße ich den Augenblick und die Atmosphäre sehr. Tim spielt dabei zwar eher eine Nebenrolle, aber wenn ich mir vorstelle, ich säße jetzt allein hier, dann wäre es nur halb so schön. Tims Anwesenheit verleiht diesem Moment etwas Besonderes – auch wenn ich ihm gegenüber nicht mehr als Sympathie für ein Feierabendgespräch empfinde.

Wir bleiben noch einen Moment sitzen. Wieder wird es still. Es ist aber nicht unangenehm, da so viele Geräusche um uns herumschwirren und ich mich in dem Ausblick auf den Hafen verlieren kann.

»Willst du auch 'ne Kippe?«

»Nein, danke.«

»Rauchst nicht als Sportlerin, was?«

»Nee, rauchen mochte ich noch nie.«

Er dreht sich so hin, dass ich keinen Rauch abbekomme. Wieder lausche ich den Hafenklängen. Lange möchte ich nicht mehr bleiben, es wird allmählich frisch. Ich habe keine Jacke dabei und auf meinem Arm sind Ansätze einer Gänsehaut zu erkennen.

»Willst du meinen Pulli haben?«, fragt Tim.

Ich überlege kurz und wäge ab: Eigentlich finde ich es süß, will aber vermeiden, dass dadurch vielleicht eine falsche Erwartung entsteht und sich eine Nähe ergibt, die ich lieber nicht möchte. Ich bin wohl schon zu lange raus aus dem *Dating Game* und muss mich erst wieder darin üben, wie ich Signale so setze, dass sie für beide Seiten möglichst unmissverständlich sind, gestehe ich mir ein.

»Wollen wir noch weitergehen, bevor wir uns wieder an der Bahnstation verabschieden?«, schlägt Tim vor. »Ich kann dir ein paar Kneipen und so zeigen. Außerdem wollte ich noch kurz bei Hilde und Werner vorbeischauen, wenn ich schon hier drüben auf der anderen Elbseite bin. Die beiden haben so 'ne kleine Rockkneipe, echt toller Laden. War 'ne Zeit oft da. Ein bisschen verraucht drinnen mit gelber Tapete und so, aber nette Stimmung. Gute Leute.«

Ich bin einverstanden. Bewegung wird wohl ganz gut sein, vielleicht wird mir dann auch wieder etwas wärmer. Außerdem habe ich nichts gegen ein paar Einblicke in das Kneipenleben einzuwenden. In Hannover fand ich die leicht schummrigen Schuppen immer am charakterstärksten. Vielleicht nicht jedermanns Sache, aber an solchen Orten kann man wunderbar die Zeit vergessen, wie ich finde.

Wir schlendern umher. Mein Orientierungssinn lässt nach. Bunte Leuchtreklamen blitzen immer wieder auf und der Kiez zeigt sich in all seinen Farben. Auf dem Weg hierher hatte ich das alles gar nicht so wahrgenommen, denn da war es noch taghell gewesen. Jetzt setzt die Dämmerung ein und alles erwacht.

»Willst du noch ein Bier?«

»Danke, lieber eine Limo.«

Tim kommt mit den Getränken vom Kiosk schräg gegenüber zurück. Ein wenig erinnert mich die Kioskkultur hier an Hannover, wo ich unzählige Abende vor solchen kleinen Buden verbracht habe.

»Habt ihr Kleingeld?«, fragt ein Punk, der etwas abseits von seiner Gruppe steht, und hält uns dabei einen Becher hin. Ich krame in meiner Geldbörse und werde fündig.

»Danke, schöne Dame«, krächzt er und entfernt sich wieder von uns.

»Deine gute Tat für heute?«, meint Tim.

Ich lächle etwas unbeholfen und nicke. Kurz darauf erreichen wir die Rockkneipe.

»Ey, Werner!«, ruft Tim lautstark einem dickbäuchigen Mann zu, der vor dem Eingang steht. Sie begrüßen sich mit der Faust. Werners T-Shirt passt kaum über den Bierbauch, bei seiner leicht abgewetzten Jogginghose ist ein Hosenbein hochgekrempelt. Auf den Armen zeugen Tattoos von vergangenen Zeiten. Er streckt mir ebenfalls die Faust zum Gruß entgegen und ich mache es ihm nach. Ungewohnte Begrüßung für mich.

»Hilde, komm mal raus, Tim ist hier!«, brüllt Werner in den kleinen Laden hinein.

Ehe ich mich versehen kann, steckt mein Kopf zwischen den Brüsten einer Frau, die ein schwarzes Netzhemd trägt. Sonst nichts. Zumindest oben herum nicht. Dazu wohl einen Rock oder Shorts. Ich sehe es nicht richtig zwischen ihren großen, weichen Brüsten.

»Wer bist du denn? Tims Freundin?«, fragt sie neugierig.

»Ich bin Lena. Sind meine ersten Tage hier in Hamburg.«

»Dann lass dich willkommen heißen!«, kreischt sie auf. Und wieder steckt mein Kopf zwischen ihren Brüsten – diese einzigartige Begrüßung werde ich so schnell wohl nicht vergessen. Als sich die nächstbeste Gelegenheit ergibt, verabschiede ich mich von der illustren Runde. Es ist schon spät und ich möchte heim. Tim erklärt mir noch den Weg zurück zu meinem Fahrrad und bietet an, dass er mich auch bringen könnte. Ich lehne dankend ab und versichere ihm, dass ich die paar Meter auch alleine schaffen werde – ich möchte unbedingt vermeiden, dass es zu der Frage kommt, ob wir uns noch einmal treffen wollen.

Beim Radeln wird mir wieder warm. Ich hatte keinerlei Erwartungen an den Abend. Trotzdem erhoffe ich mir noch mehr solcher Erlebnisse – vielleicht nicht genau so, aber irgendwie besonders und unerwartet. Darauf kommt es doch schlussendlich an. Mit Tim schreibe ich in den Tagen darauf noch einmal kurz – was aber nichts daran ändert, dass wir uns nicht wiedersehen werden. Es hat nicht gepasst zwischen uns. Für diesen einen Abend ist es dennoch genau richtig gewesen und gut so wie es war.

LUFTPOLSTERFOLIE

Nach einem kurzen, heftigen Guss zeichnet sich am Himmel ein Regenbogen ab. Ich schaue durch die Fensterscheibe zu, wie die Farben nach und nach intensiver werden und dann wieder verblassen. Es ist jetzt eine Woche im neuen Job vergangen. Ich bin zwar noch nicht wirklich angekommen, fühle mich aber im Team inzwischen ganz gut aufgehoben. Die andauernden lauen Abende habe ich bisher meist auf dem Balkon verbracht und dabei ausgiebige Telefonate mit meinen Freundinnen aus Hannover geführt. Besonders Maria fehlt mir. Aber auch Anna und Simone.

Anna ist während der Studienzeit zu einer guten Freundin geworden, obwohl sie bereits nach dem ersten Semester das Studienfach gewechselt hatte. Simone hingegen habe ich über Anna bei einem unserer regelmäßigen Kneipenabende kennengelernt. Wir waren uns schnell so nah, wie es mit anderen Menschen nach jahrelanger Bekanntschaft nicht gelingt. Meist brauchen wir auch nicht viele Worte, um uns gegenseitig zu verstehen. Bald wollen Anna und Simone mich übers Wochenende besuchen kommen – ich bin jetzt schon voller Vorfreude darauf.

In der Dating-App schreibe ich aktuell mit Jan. Er ist zehn Jahre älter als ich, was mich aber absolut nicht stört. Normalerweise habe ich eher mit Männern in meinem Alter zu tun. Doch kürzlich habe ich den Altersradius (vielleicht weil ich *das Spiel durchgespielt* hatte) aus reinem Interesse erweitert. Während ich sein Profil immer wieder durchsehe, steigt die Abenteuer- und Lebenslust in mir auf. Seine Fotos zeigen ihn mal mit Thermoskanne und Rucksack in den Bergen, mal mit Surfbrett unterm Arm am Sandstrand. Neben der ganzen Action zeigt ein weiteres Foto, bei Sonnenuntergang mit einem Glas Wein in der Hand, dass er aber anscheinend auch eine andere, eine ruhige Seite hat. Auf den ersten Blick wirken die Bilder sogar fast etwas zu perfekt. Trotz aller möglichen Klischees, die sich mit seinem Profil verknüpfen lassen, fühle ich mich zu ihm hingezogen. Ich möchte Jan unbedingt kennenlernen.

Bei jeder weiteren Nachricht, die wir austauschen, bin ich kurz davor, ihn nach einem Treffen zu fragen. Ich warte aber, bis der Vorschlag von ihm kommt. Ein innerliches Grinsen macht sich in mir breit, als schließlich die Nachricht auf meinem Display erscheint: »Wollen wir morgen Abend – geht erst spät – in der Schanze noch auf einen gemeinsamen Drink los?« Aufgeregt laufe ich durch meine Wohnung und frage mich dabei, warum genau ich das eigentlich tue – und warum ich so aufgeregt bin. Ich kenne Jan doch gar nicht! Bin ich nur wegen ein paar toller Fotos und netter Nachrichten schon dermaßen von ihm begeistert? Es fühlt sich jedenfalls schwer danach an. Aber was mache ich, wenn mir seine Art zu reden nicht gefällt oder er doch anders aussieht? Ich versuche mich wieder zu beruhigen und mir zu sagen, dass es nur ein Date ist. Nicht mehr, nicht weniger. Trotzdem wünsche ich mir sehr, dass er so ist, wie ich es mir ausmale.

Um Punkt zweiundzwanzig Uhr dreißig – was mir eigentlich viel zu spät ist für einen Wochentag – treffe ich bei der verabredeten Eck-Bar am Schulterblatt ein; Prinzipien, sage ich mir, müssen hin und wieder auch mal gebrochen werden. Ich sehe ihn bereits von Weitem. Mein Herz pocht.

»Hey, ich bin's, Lena«, piepse ich fast, um ihn zu begrüßen.

»Schön dich zu sehen, freut mich!«, antwortet Jan. »Sorry, dass es nicht früher ging – ich bin heute Nachmittag erst aus

Barcelona zurück, hatte da einen Job für ein Reisemagazin. Ich fand aber, wir sollten uns trotzdem unbedingt treffen. Nur schreiben ist ja auf Dauer auch nichts, oder?«

Nachdem wir uns gesetzt haben, werde ich mit der Zeit ruhiger und entspannter. Das Gespräch ist von Anfang an viel besser als neulich mit Tim. Alles, was Jan erzählt, ist echt interessant und ich sauge es regelrecht auf. Normalerweise habe ich nicht das Gefühl, verkrampft zu wirken, doch zu Beginn des Treffens war ich definitiv verkrampft – und das hemmte mich noch mehr. Doch je länger wir zusammensitzen, desto lockerer werde ich. Vielleicht ist das auch ein Stück weit dem nächsten Glas Wein zu verdanken ...

»Du warst also gestern Abend tatsächlich in dieser kleinen Bar am Wasser mit den vorzüglichen Tapas und hast dir dabei ausgemalt, wie es sein wird, wenn wir beide heute Abend hier bei einem Wein zusammensitzen?«, pruste ich Jan fast entgegen.

»Ob du es glaubst oder nicht, genauso war es!«

»Ich kann mich gut an diese Bar erinnern. Ich habe da nämlich das erste Mal richtige Sangria getrunken. Davor kannte ich, noch aus Schulzeiten, nur diese Plörre im Trinkkarton.«

Jan schmunzelt: »Bei uns war das auch eine Zeit lang angesagt. Aber tatsächlich habe ich das Zeug danach nie wieder angerührt. Aber beim nächsten Spanientrip denke ich an dich; vielleicht kann ich ja noch mal einen Versuch wagen ...«

Er schaut mir tief in die Augen. Normalerweise tue ich mich schwer damit, den Blickkontakt lange zu halten. Doch in Jans Augen bekomme ich eine Neugierde zu sehen, die mich ungewohnt mitnimmt – und mich meinerseits neugierig macht, ob ich diese Spannung nicht vielleicht aushalten könnte. Er ist ein Macher, kein Schnacker, so nehme ich ihn wahr. Davon muss er mich nicht überzeugen, ich spüre es.

Wir reden weiter über mein Semester in Barcelona und darüber, ob die anderen Geheimtipps von damals noch aktuell sind. Ich war seitdem nur einmal wieder dort – nicht, weil ich die Stadt nicht mögen würde, sondern weil es sich schlicht nicht ergeben hat. Jan hingegen hat dort öfter beruflich zu tun und macht mir Lust auf einen Abstecher. Vielleicht reisen wir irgendwann zusammen dorthin, höre ich mich in Gedanken sagen. Aber auch Jan scheint Gefallen daran zu finden, sich gemeinsame Unternehmungen vorzustellen. Gegen seinen vielseitigen Fotografenjob kommt mir meiner schon jetzt unbedeutend vor.

Wieder schaut er mich eindringlich an. Auch diesmal halte ich seinem Blick stand. »Bei mir ist es oft hektisch im Job«, erklärt er. »Es hört sich im ersten Moment vielleicht toll an, ständig unterwegs zu sein, aber ich komme dadurch selten zur Ruhe. Wie machst du das? Was bringt dich runter? Du strahlst so eine innere Gelassenheit aus – das ist mir sofort aufgefallen, als ich dich vorhin gesehen habe.«

Ich lege meine Stirn in die rechte Hand und lächle Jan etwas verlegen zu; besonders gelassen fühle ich mich heute Abend eigentlich nicht. Nach kurzem Überlegen nehme ich den Faden auf und beginne von meiner Yogapraxis und vom Meditieren zu erzählen. Während ich darüber berichte, spüre ich, wie ich Stück für Stück immer selbstsicherer werde. Ich habe keine Angst mehr davor, etwas Falsches zu sagen und muss auch nicht mehr nach Worten suchen, um Jan zu imponieren.

»Weshalb bist du hier?«, fragt er irgendwann, als ich mich im Stuhl zurücklehne, in die dunkle Nacht hinein.

»Wie meinst du das? Heute Abend? Oder bei einer Dating-Plattform angemeldet?«

»Vielleicht beides«, grinst er. Sein Lächeln gefällt mir schon den ganzen Abend über. Es steckt an. Die Falten um seine Augen tänzeln, und wenn er nicht lacht, wirken sie wie feine weiße Linien, fast wie eine Wellenbewegung auf dem Wasser.

»Mit meinem Neuanfang hier habe ich entschieden, dass ich mir auch wieder eine Beziehung wünsche«, platzt es aus mir heraus. Okay … Eigentlich wollte ich etwas Lockeres sagen und setze deshalb erneut an: »Also, erst mal entspannte Treffen und dann schauen, was sich ergeben kann oder eben nicht.« Bei dem Versuch, meinen vorherigen Satz zu retten, verkrampfe ich innerlich wieder und die aufkommende Selbstsicherheit von eben ist wie dahin. »Und du?«, setze ich schnell nach.

»Nichts Bestimmtes«, antwortet Jan. »Ich bin nicht auf der Suche. Ich lass mich gern treiben und freue mich auf interessante und inspirierende Begegnungen.« – Das Gespräch geht noch eine Weile weiter, doch die anfängliche Schwingung zwischen uns hat merklich nachgelassen. Es ist schon viel zu spät für mich und ich merke die aufkommende Müdigkeit. Auch Jans Blick signalisiert, dass er geschafft ist – wir verabschieden uns mit einer hastigen Umarmung.

Als ich die Haustür hinter mir zugezogen habe, laufen Tränen über mein Gesicht. Grundsätzlich ist es ein schönes erstes Date gewesen. Wir sind sehr offen miteinander umgegangen und konnten einige Gemeinsamkeiten feststellen. Gleichzeitig bin ich enttäuscht über meine innere Anspannung, die während des Treffens immer wieder aufkam. Nach ein paar Stunden Schlaf werde ich es am nächsten Morgen bestimmt entspannter sehen können, denke ich einerseits. Und andererseits: Was ist, wenn wir uns nicht wiedersehen? Muss ich dann mit dem Gedanken leben, beim ersten Date mit jemandem, den ich nicht kenne, versagt zu haben? Ich denke daran, was Jan über meine Ausstrahlung gesagt hat. Doch wie ich es auch drehe und wende – es bleibt die Unsicherheit in mir bestehen.

Manchmal bin ich einfach zu ungeduldig. Das habe ich bereits aus der Vergangenheit gelernt. »Einen Schritt nach dem anderen«, versuche ich mir, wie so oft, gedanklich einzuhämmern. In den Tagen nach unserem Date schaue ich dennoch fast minütlich auf mein Handy. Keine Nachricht von Jan. Er meldet sich nicht – und ich traue mich nicht, den Schritt selbst zu machen. In den Mittagspausen versuche ich mich auf die Unterhaltung mit Ina zu konzentrieren, drifte dabei aber immer wieder gedanklich ab. Sie ist bereits genervt von mir (auch wenn sie es nicht zugibt), denn seit Tagen gibt es für mich kein anderes Thema mehr als Jan. Selbst beim Yoga kann ich mich den Gedanken an ihn nicht entziehen und bei mir bleiben. Ich wünsche mir so sehr, dass er sich meldet.

Das Blinken der Nachricht auf meinem Handy sehe ich sofort und es trifft mich wie ein Blitz: »Sorry, dass ich mich jetzt erst melde. Es war viel los und hat gar nichts mit dir zu tun. Wenn ich manchmal in meine Arbeit versunken bin, vergesse ich vieles um mich herum. Was hältst du morgen Abend von einer Vernissage? Ist bei mir im Grindel«, schreibt er. Obwohl ich mich kaum zurückhalten kann, warte ich ein paar Minuten, bevor ich den Text vollständig lese. Wenig später antworte ich ihm, dass ich mich gern mit ihm treffen möchte.

Jan wartet bereits vor dem Eingang, als ich ankomme. Ich begrüße ihn mit einer Umarmung. Dabei kitzelt sein Bart in meinem Gesicht und aus seinem Shirt schielen ein paar Brusthaare hervor – mir gefällt es. Der Ausstellungsraum ist nicht sonderlich groß; um auf den aufgehängten Polaroid-Bildern etwas erkennen zu können, muss ich nah herangehen. Es werden Alltagssituation gezeigt. Beeindruckt bin ich von den Aufnahmen nicht.

»Was ist für dich die Kernaussage der Ausstellung?«, frage ich Jan nach unserem Rundgang.

Er lacht. »Ich glaube, es geht darum, dass es in Ordnung ist, wie wir sind. Jeder möchte sich mal in Szene setzen und trotzdem weiter in seinen Mustern denken und leben. Ein hipper

Drink oder die schön platzierte Blumenvase neben dem perfekt gedeckten Tisch – das sind eben doch nur inszenierte Momentaufnahmen und nicht der wirkliche Alltag.« Dann fragt er: »Wie siehts aus, noch ein Bier?« – »Gern!«, strahle ich ihn an.

In der Galerie selbst gibt es keine Sitzgelegenheiten, deshalb gehen wir hinaus in den sich anschließenden Garten. Die Leute um uns herum nehme ich kaum wahr und habe nur Augen für Jan. Unsere Oberschenkel sind so nah beieinander, dass ich seine Wärme spüren kann. Als er den Arm um meine Schultern legt, stelle ich mir vor, wie es sein könnte, wenn wir die ganze Nacht hier so sitzen und uns dabei immer näher kommen. Doch stattdessen unterbricht Jan meine gedankenverlorene Vorstellung, indem er unser Gespräch von neulich aufgreift und mir noch einmal zu verstehen gibt, wie gern er sich treiben lässt und seine Freiheit genießt.

»Was genau erwartest du von mir?«, will ich daraufhin wissen und bin mit einem Ruck zurück in der Realität.

»Erwarten? Das ist das falsche Wort. Ich erwarte nichts – ich wünsche mir lediglich eine schöne Zeit mit dir«, ist Jans Antwort.

Ich presse ein »Okay« hervor, obwohl ich dabei ein flaues Gefühl im Magen habe. Er gibt eindeutig den Ton an. Und ich? Füge mich ihm, weil er mich verunsichert. Hat er mich hierher eingeladen, um mir noch einmal sein Freiheitsdogma unter die Nase zu reiben? Eigentlich müsste ich ihm jetzt genau diese Frage stellen. Doch ich tue es nicht und warte stattdessen seine weitere Reaktion ab – aber es kommt nichts und es ist mittlerweile zu dunkel, um seine Gesichtszüge eindeutig zu erkennen. Stattdessen legt er den Arm fester um mich. Vielleicht hat er Angst, dass ich aufstehe und gehe? Es ist aber kein Klammergriff, der festhalten will, sondern weiterhin angenehm und fast behütend. Trotz des für mich unnötigen Einschubs von Jan versuche ich den Moment einfach zu genießen – mich in dem aufzuhalten, was jetzt ist, und nicht im Morgen oder im Übermorgen.

Unerwartet kommen Jans Lippen näher. Wir küssen uns. Es ist sehr intensiv; er schmeckt nach einer Mischung aus Salzwasser und Honig. Seine Küsse gefallen mir und ich kann schon jetzt nicht genug davon bekommen. Als im Innenraum allmählich die Lichter ausgehen und die anderen Besucher den Garten bereits verlassen haben, nimmt Jan meine Hand. Wir schlendern durch die Nacht, bis wir an der Kreuzung ankommen, an der wir uns entscheiden müssen: Gehen wir gemeinsam zu Jan oder zu mir – oder jeder für sich nach Hause? Wir bleiben kurz stehen.

»Kommst du mit zu mir?«, flüstert er in mein Ohr.

Ich umarme ihn fester.

»Ist das ein Ja? – Es passiert nichts, was du nicht möchtest. Und wenn du lieber für dich sein willst, dann rufen wir jetzt ein Taxi, damit du sicher nach Hause kommst, okay?«, setzt er mit sanfter Stimme nach.

Ich küsse ihn. Dann begleite ich ihn zu seiner Wohnung ein paar Straßen weiter, ohne zu wissen, was die Nacht bringen wird …

Am nächsten Morgen wache ich in Jans Armen auf. Er streicht über meine nackte Schulter und zieht mich wieder zu sich heran. Leider kann ich es nicht länger unterdrücken und muss dringend auf die Toilette. Auf dem Weg dorthin nehme ich seine Wohnung erst jetzt richtig wahr. Gestern Abend saßen wir noch mit einer Tasse Tee auf dem Sofa. Dabei hatte ich mich gar nicht richtig umgeschaut, sondern war vollkommen in unser Gespräch und noch mehr in unsere Küsse vertieft gewesen. Ich bin sicher, dass Jan gern mit mir geschlafen hätte – ich, ehrlich gesagt, auch mit ihm. Aber das wäre mir zu viel auf einmal gewesen. Er war in der Nacht so sanft und liebevoll zu mir; ich habe mich dabei vor allem geborgen gefühlt und mein Verlangen nach mehr bewusst zurückgestellt.

Im Badezimmer werfe ich einen kurzen Blick in den Spiegel und wasche mir das Gesicht. Die Sonne scheint durchs Fenster hinein und wirft Schattenbilder an die Wand. Anschließend begutachte ich erneut die Wohnung, in der ich mich befinde: Im Flur stehen zwei Surfboards locker in die Ecke gelehnt. Überall befinden sich großformatige Aufnahmen, die den ansonsten herrschenden Minimalismus kontrastreich durchdringen.

»Hast du Lust auf Kaffee und Croissants?«, ruft Jan. Er ist in der Zwischenzeit aufgestanden und bereits in der Küche beschäftigt.

»Und wie!«

»Die Croissants sind zwar von gestern, müssten aber aufgebacken, mit einem großen Klecks Erdbeermarmelade und frischer Butter, noch ganz gut schmecken.«

Als ich in die Küche komme, sitzt Jan bereits am Tisch. Es duftet herrlich nach frischem Kaffee. »Du meintest gestern, dass du morgens schlecht gelaunt bist, wenn du nix im Magen hast und der Kaffee fehlt. Das kann ich nicht riskieren«, grinst er mich an. »Es war ein schöner Abend gestern – da möchte ich dich heute früh auch fröhlich sehen!« Ich schenke ihm ein Lächeln und dazu einen Kuss auf die Wange. Als ich nach dem Frühstück Jans Wohnung verlasse, tänzle ich die Treppenstufen vom vierten Stock hinunter auf die Straße. Und ja, wir werden uns wiedersehen – das spüre ich förmlich.

In den folgenden Tagen treffe ich Jan nach der Arbeit zum Essen oder zum Spazieren an der Elbe. Wir lachen viel, laufen Hand in Hand durch die Gegend und haben über alles Mögliche gute Gespräche. Mir gefallen seine Abenteuerlust und das Blitzen in seinen Augen, wenn er vom Surfen oder vom Fotografieren erzählt. Ich spüre jedoch, dass er mir durch unseren Altersunterschied überlegen ist – auch wenn er selbst es nicht anspricht. Jan sagt, was er denkt und wirkt deutlich selbstsicherer als ich. Hier und da sprudelt es zwar auch aus mir heraus, aber grundsätzlich überlege ich mir vorher meistens ziemlich genau, was ich sagen will.

Allerdings gibt es auch diese besonderen Momente, in denen es sich so anfühlt, als würden wir die Rollen tauschen. Dann fragt Jan mich etwa um Rat, wie er es schaffen kann, sich auf Jobreisen genügend Auszeiten einzuräumen. Über die Jahre habe er zwar mehr und mehr gemerkt, dass er solche Auftankphasen braucht, um produktiv zu sein in dem, was er tut, aber noch sei er nicht auf die zündende Idee gekommen, um daraus auch eine funktionierende Routine zu machen. Wenn ich ihn frage, ob er vielleicht zu hohe Ansprüche an sich selbst stellt, schüttelt er jedoch den Kopf. Auch wenn es nicht meine Aufgabe ist, versuche ich ihm dabei zu helfen, seinen Weg zu finden, da wo ich es kann. Immer wieder besteht er aber auch auf seine Eigenständigkeit, betont, dass er keine zu enge Bindung wolle und dass er schon seit vielen Jahren Single sei. Ich beginne mich allmählich zu fragen, ob er sich dadurch mir gegenüber absichern will ... *Wenn man sein Herz in Luftpolsterfolie verpackt, um es einerseits vor der Zugänglichkeit und andererseits vor dem Zerbrechen zu schützen, dann kann man nicht lieben.* – Ich kann noch nicht sagen, inwieweit das auch für mich gilt, denn ich ahne bereits, dass Jan und ich in einer Sackgasse enden werden. Versuche ich also vielleicht auch, mich zu schützen?

Am Samstagabend war ich bei Jan zum Kochen eingeladen. Als ich außer Atem die Treppe hochkam, lehnte er bereits im Türrahmen. Ich spürte die Anziehung zwischen uns und fiel ihm direkt in die Arme. Fast hätten wir den Abend knutschend im Türrahmen verbracht. Die Gedanken vom Vortag waren wie weggeblasen. Wir hatten, abgesehen von der Begrüßung, kaum Worte miteinander gewechselt und als das Treppenlicht zum zweiten Mal ausging, nahm Jan mich hoch, trug mich in seine Wohnung und legte mich im Schlafzimmer sanft auf dem Bett ab. Unsere Küsse wurden noch inniger. Trotzdem spürte ich zunächst eine Art unsichtbaren Schleier zwischen uns. Zwar umklammerten wir einander, doch jeder schien dabei darauf zu achten, nicht zu sehr am jeweils anderen festzuhalten. Als wir gemeinsam kamen, verschmolzen wir dann aber schließlich doch miteinander.

Auch die nächsten Tage und Wochen verbringen wir nicht täglich, aber doch viel miteinander. Ina fragt schon, ob wir mal zu viert etwas unternehmen wollen; sie bekäme mich ja derzeit, abgesehen von der Arbeit und vom Yoga, kaum noch zu Gesicht. Ich verspreche ihr, dass ich mit Jan beim nächsten Treffen darüber sprechen werde.

»Wohin treiben wir?«, frage ich Jan, als wir einige Tage später unsere Grillsachen am Elbstrand zusammenpacken und er mich zu meinem Fahrrad bringt. Doch er beantwortet die Frage nicht. Stattdessen reicht er mir seinen Pullover, da der Wind aufzieht und es zu tröpfeln beginnt. »Gib mir den Pulli einfach bei unserem nächsten Treffen zurück«, sagt er. Der Abschiedskuss ist heute trocken und kurz. – Am liebsten hätte ich angefangen zu weinen, doch da ist nur ein dicker Kloß im Hals, der festsitzt. Zuhause versuche ich mich mit einer Serie abzulenken.

Unsere Treffen werden seltener. Jan hat »ein neues Projekt reinbekommen« und taucht so langsam unter. Ich versuche den Kontakt aufrechtzuerhalten, mich aber nicht darin zu verlieren. »Er ist halt so, wenn er viel zu tun hat«, verteidige ich ihn vor Ina – aber vor allem vor mir selbst. Ich ertappe mich dabei, dass mir das Lächeln und die Euphorie abhandenkommen.

Bisher war ich im Großen und Ganzen zufrieden mit meinem Neustart in Hamburg. Jetzt jedoch hinterfrage ich diesen häufiger und bin enttäuscht wegen meiner Ignoranz mir selbst gegenüber.

»Wie drei Wochen Regenwetter siehst du zurzeit ja aus!«, sagt Ina eines Morgens nach der Yogastunde zu mir. »Nun ruf ihn endlich an und sprecht euch aus«, stößt sie mich, wohl aufmuntert gemeint, dazu auch noch an. Ich zögere es jedoch weiter hinaus und warte darauf, dass Jan sich meldet. Vor Tagen hatten wir grob über ein abendliches Schwimmen an der Dove Elbe gesprochen. Die Vorfreude kann ich allerdings nicht ganz genießen, da sich mein mulmiges Gefühl wieder bemerkbar macht. Plötzlich blinkt es auf meinem Handy auf: »Ich kann heute leider nicht. Lena, es tut mir leid. Ich habe über mein neues Projekt jemanden kennengelernt und bin bisher zu feige gewesen, es dir zu sagen. Auch wenn ich nicht weiß, was es wird, muss ich unsere schöne Zeit beenden.«

Das hat gesessen! Wie ein Faustschlag ins Gesicht trifft mich Jans Nachricht – obwohl ich bereits so eine Vorahnung hatte, dass das *Wir* in unseren gemeinsamen Momenten nüchtern betrachtet die ganze Zeit über doch nur ein Du und ein Ich gewesen ist. Mein Herz flattert. Ich bin verletzt, aber auch erleichtert: War ich die letzten Wochen über eigentlich ich? Oder habe ich mich von seinem Freigeist überrumpeln lassen und darüber mein Ideal des Gebens und Nehmens in der Liebe vernachlässigt?

In diesem Moment kann ich mir absolut nicht vorstellen, dass wir irgendwann noch einmal aufeinanderprallen werden. Und trotzdem ist da so ein Bauchgefühl …

FLUCHT DURCH DIE HINTERTÜR

Ich wälze mich umher und kann nicht einschlafen. Meine Gedanken kreisen um Jan. Habe ich mich doch in ihn verliebt? Leide ich, weil es vorbei ist – oder leidet nur mein Ego? Ja, sicher, während unserer gemeinsamen Momente habe ich seine Aufmerksamkeit sehr genossen. Wenn ich es nüchtern betrachte, habe ich vieles von dem, was ich mir von einem Mann wünsche, auf ihn projiziert. Ich habe dabei nur übersehen, dass er mir das alles gar nicht geben konnte. Wahrscheinlich habe ich mir etwas vorgemacht, oder besser gesagt: vormachen wollen. Denn insgeheim wusste ich ja von Anfang an, dass unsere Dates endlich sind.

Es ist okay, traurig und verletzt zu sein, sage ich mir. Aber es ist ebenso wichtig, jetzt wieder bei mir selbst anzukommen. Für Jan habe ich meinen eigenen Sicherheitsbereich stückweise geräumt, um mich mehr auf ihn einlassen zu können. Dabei war mir klar, dass mich das verletzbar machen würde. Aber ist man nicht immer verletzbar, wenn man sich für Personen öffnet, die man mag? – Entweder verletzt man den anderen oder man wird selbst verletzt.

Als ich gestern Abend versuchte, beim Laufen den Kopf ein wenig freizubekommen, wollte eine Plakatwerbung entlang meiner Runde mit aller Macht meine Aufmerksamkeit auf sich ziehen. Die großen Lettern waren zunächst wie Federwolken an mir vorbeigezogen, doch als ich zuhause zum Stehen kam, quoll der Satz wieder hervor: »NICHTS IST SO WIE FRÜHER ODER SPÄTER.« Den Augenblick zu leben, ohne sich permanent Gedanken darüber zu machen, was daraus folgt, ist völlig in Ordnung. Aber was ist, wenn ich mich nicht treiben lassen kann und wissen möchte, wo ich aktuell bei jemandem stehe? Denke ich zu viel nach und mache damit nicht nur die Chance auf eine Beziehung kaputt, sondern auch mich selbst? Gerade kann ich keine Antworten auf diese Fragen finden. Der Satz vom Plakat gefällt mir so gut, dass ich ihn mir als Erinnerung aufschreiben werde.

Noch einmal drehe ich mich auf die andere Seite und blicke dabei auf die letzten Wochen in Hamburg zurück. Was erhoffe ich mir von der Stadt? Diese Frage hatte ich mir schon vor dem Umzug mehrmals gestellt und würde immer noch die gleiche Antwort darauf geben: Ich möchte mich wieder spüren. Ich möchte fühlen, wie es ist, den Vibe einer neuen Stadt aufzusaugen. Dabei neue Leute kennenlernen, Erfahrungen sammeln, mich beruflich finden, Zeit für mich haben, Yoga praktizieren, laufen gehen – und die Liebe finden. Mich verlieben mit einem Happy End, das ein Happy End für beide Seiten ist. Es muss ja nicht gleich das ganze Programm mit Haus, Garten, Hund und zwei Kindern sein ... Insgeheim träume ich aber davon, irgendwann mit einem Partner an meiner Seite ein kleines Haus am Stadtrand sanieren und gestalten zu können. War es mutig, in eine neue Stadt zu ziehen? Oder brauchte ich die Veränderung nur als einen neuen Abenteuerspielplatz? Nein, das hier soll kein Abenteuer werden, sage ich in Gedanken zu mir selbst. Ich möchte ankommen – oder mir zumindest die Chance dafür einräumen.

Voll und *total* sind Ausdrücke, die aktuell in meiner Generation in keinem Gespräch fehlen dürfen. Aber wenn angeblich alle so radikal denken, warum handeln dann viele Menschen, die ich erlebe, meist doch nicht ohne dabei immer eine kleine Hintertür offen zu lassen, durch die man sich im Zweifelsfall davonstehlen kann? Ich nehme mich hiervon gar nicht aus und muss dabei unweigerlich an meine Oma Elfriede denken: Als sie so alt war wie ich jetzt, ist sie längst verheiratet gewesen und hatte zwei schulpflichtige Kinder. Sie hat Verantwortung übernommen – und genau dieser wollen sich heute viele entziehen, um möglichst lange ihre vermeintlich absolute Freiheit zu genießen. Auf der anderen Seite, vermute ich, sehnen sich die allermeisten Menschen trotzdem nach Geborgenheit und wollen beides haben – so wie ich auch.

Zumindest, was mich betrifft, würde ich neben der Verantwortung für mich selbst – was oft schon schwer genug ist – diese auch gern für eine Partnerschaft übernehmen. Das ist allerdings etwas anderes als die Verantwortung des Partners zu tragen – das möchte ich nicht. Jeder sollte selbst dafür verantwortlich sein, sich nicht aufzugeben und vom anderen abhängig zu machen. Denn Abhängigkeit ist nicht nur wahnsinnig unsexy, sondern blockiert auch die Persönlichkeitsentfaltung und den Verstand.

Ich drehe mich auf den Rücken und fühle mich nach dem vielen Nachdenken schon wieder klarer in meinen Bedürfnissen. Es ist wunderbar zu lieben und geliebt zu werden, aber erst die Wechselseitigkeit macht es zu diesem Wunderbaren. An oberster Stelle steht jedoch *meine* innere Zufriedenheit. Es ist nicht immer einfach, ausgeglichen und mir meiner positiven und negativen Eigenschaften bewusst zu sein. Dennoch gehören sie zu mir. Das ist gut so.

Ich stehe noch einmal auf. In der Küche nehme ich einen großen Schluck Wasser. Meine innere Unruhe fällt Stück für Stück durch die gewonnenen Erkenntnisse ab. Mein Akku ist allmählich aufgeladen und kann somit auch wieder Energie abgeben. Jan und ich, das ist ein Potpourri aus allem und nichts, gestehe ich mir ein. Das erste Mal seit Tagen empfinde ich Dankbarkeit dafür, dass es vorbei ist und ich wieder halbwegs klar denken kann. Ich beschließe, es als schöne Zeit in Erinnerung zu behalten. Schlussendlich hat es mich in dem, was ich mir für mich wünsche, weitergebracht. Denn ich möchte nicht nur ein netter Zeitvertreib sein. Vielmehr möchte ich auch die miesen Momente mit meinem Partner teilen können und ihn in diesen unterstützen, soweit es mir möglich ist. Vor allem möchte ich aber grundsätzlich nicht mit einem Ablaufdatum versehen sein.

In einigen Tagen steht der Besuch von Anna und Simone an. Darauf freue ich mich und male mir schon aus, wie wir das Wochenende zusammen verbringen können.

MÄDELSABEND

Am Samstagvormittag räume ich auf und höre dabei meine Indierock-Playlist. Einige der Titel erinnern mich an die Clubabende in Hannover. Dort wurde oft bis zuletzt getanzt und der im Raum hängende Schweißgeruch störte dabei niemanden. Danach döse ich auf dem Sofa ein, während die Musik weiterläuft. Ich hänge gerade meinen Gedanken nach, als es klingelt.

»Ja, bitte?«, frage ich durch die Gegensprechanlage.

»Busenfreundin I, Busenfreundin II«, schallt es mir freudig entgegen. Ich bin zwar immer noch etwas enttäuscht, dass Maria wegen einer Familienfeier doch nicht mitkommen konnte – aber jetzt freue ich mich einfach darüber, dass Anna und Simone da sind. Kreischend fallen wir uns noch auf der Türschwelle in die Arme.

»Schön, dass ihr da seid! Ach – ich freu mich total!«

»Mega! Oh – das ist ja eine schicke Wohnung«, strahlt Anna und drückt mir zwei Flaschen Prosecco in die Hand.

»Stell den gleich mal für später kalt – auf die alten Zeiten«, lacht Simone, »als wir noch unseren Kneipenabend mit Prosecco *for free* hatten.«

»Macht ihr das eigentlich manchmal noch?«, frage ich die beiden.

Anna winkt ab. »Nee, irgendwie war es, nachdem du weg bist, vorbei. Vor ein paar Wochen waren wir noch mal da, aber mittlerweile packe ich das unter der Woche auch nicht mehr. Der nächste Schultag ist mit Kater einfach unerträglich!«

Nachdem Anna und Simone ihre Sachen abgestellt und ich den beiden in Ruhe meine neue Wohnung gezeigt habe, machen wir uns auf durch Ottensen in Richtung Elbstrand. Die

Möwen kreischen. Der Wind zerzaust unsere Haare und wir laufen barfuß durch den Sand. Dabei plaudern wir über die letzten Wochen und welche Neuigkeiten es gibt. Immer wieder mischen sich unter unsere Gespräche auch gemeinsame Erlebnisse, die uns verbinden.

»… und Marcel?«, frage ich neugierig in Simones Richtung. Sie grinst und in ihren Augen macht sich dabei ein Leuchten breit. »Ja, ich bin glücklich!«, antwortet sie strahlend. »Beziehung würde ich es zwar noch nicht nennen, aber ich muss es im Moment auch in keine Schublade einsortieren können. So wie es gerade ist, ist es gut. Alles andere wird sich zeigen.«

Ich freue mich für sie und drücke sie fest an mich. Anna schaut währenddessen bedrückt Richtung Elbe.

»Alles in Ordnung?«, wende ich mich jetzt ihr zu.

»Ja, ich hatte nur eine blöde Woche im Job«, wiegelt sie erst ab. »Aber jetzt beginnt unser Wochenende! Mein neuer Chef ist zwar ein ganz schönes Arschloch – aber damit muss ich mich wohl so oder so arrangieren.«

Durch die vorbeifahrenden Frachter schwappen die Wellen auf den Strand und unsere Füße werden davon nass.

Wir bummeln zurück zu meiner Wohnung. Der Prosecco wartet schließlich auf uns. Vor dem Wohnhaus steht eine große Holzbank, von der aus sich das Treiben im Stadtteil gut beobachten lässt. Auf dem Rückweg hatte Anna vorgeschlagen, dass wir uns doch einfach dorthin setzen könnten. Und so geschieht es.

»Gibt es eigentlich für das Festival nächstes Wochenende noch was zu organisieren?«, will Simone wissen.

»Maria hat alles im Griff«, antworte ich. »Da brauchen wir uns keine Sorgen zu machen, sie ist doch unser Organisationstalent! Und ansonsten können wir ja auch nächste Woche noch mal deswegen quatschen.«

Das Festival findet unweit von Hamburg statt und seit ein paar Jahren fahren wir immer mit unserem Freundeskreis dorthin. Eigentlich freue ich mich sonst schon Wochen vorher darauf. Gerade verspüre ich aber noch keine richtige Vorfreude. Einen Grund kann ich nicht ausmachen und hoffe daher einfach, dass die Freude sich noch einstellen wird.

Da Anna und Simone mich quasi dazu nötigen, erzähle ich die Story mit Jan noch einmal vom Anfang bis zum Ende. Mit dem letzten Satz zu diesem Kapitel ist es ein bisschen wie mit dem Schließen eines schweren Buches – einerseits ist da Wehmut, weil die Geschichte vorbei ist, aber andererseits auch Erleichterung, weil sie nun ein Ende gefunden hat. »Hört sich so an, als hättest du das alles schon ganz gut reflektiert und schaust jetzt nach vorne. Das ist doch gut! Es ist bestimmt nicht leicht, aber es scheint der richtige Weg zu sein«, sagt Simone und blickt von ihrem Glas auf, während sie mir gut zuredet. Dann schenkt sie uns allen noch einmal nach.

»Was war das?«, schreie ich auf, als plötzlich etwas neben uns auf den Boden klatscht. – »Zwei rohe Eier«, stellt Anna leicht angewidert fest. Im dritten Stock vom Haus gegenüber bewegt sich eine Gardine. Erkennen können wir niemanden, dafür dämmert es schon zu sehr. Ein Zischen macht uns unmissverständlich deutlich, dass wir beim Quatschen und Lachen anscheinend etwas zu laut waren. »Aber deshalb gleich mit Eiern zu werfen, ist ja wohl ein bisschen übertrieben!«, raunt Simone halb hinüber. Trotzdem packen wir unsere Gläser, die leeren Flaschen, Teelichter und Decken lieber schnell zusammen, um weiterem Ärger aus dem Weg zu gehen. Wir sind uns einig: Es geht noch auf den Kiez; der Abend fängt gerade erst an. »Los geht's, Mädels«, rufe ich den beiden leicht beschwipst zu. »Beeilt euch, unser Bus kommt gleich!«

Auf der der Reeperbahn torkeln uns bereits etliche Betrunkene entgegen. Junggesellenabschiede sind auch nicht zu knapp unterwegs. »Was haltet ihr von einer Runde Mexikaner?« Ich deute auf die Bar schräg gegenüber. Wir zögern nicht lange.

»Auf uns.«

»Auf den Abend in Hamburg.«

»Auf die Freundschaft.« – Wir prosten einander zu. Der Schnaps hat eine gut gemeinte Schärfe in sich, die noch eine ganze Weile nachwirkt.

Am Ende der dritten Runde taumele ich bereits. Anna und Simone geht es nicht anders. Die Musik, die aus den Boxen dröhnt, erinnert an meine Playlist von heute Morgen. Wir sind inzwischen auf der Tanzfläche angekommen und singen lautstark mit. Es ist voll und der eine oder andere bewegt sich schon nicht mehr ganz zum Beat passend. Wir tauchen in die Stimmung ein und lassen uns treiben; ab und an nippen wir an unseren Bierflaschen. Mehrmals versuchen wir uns gegenseitig etwas ins Ohr zu brüllen, doch die Lautstärke verschlingt jeden dieser Versuche. Ich genieße es, so ausgelassen mit meinen Freundinnen zu sein und bemerke, wie sehr mir diese gemeinsamen Abende in letzter Zeit gefehlt haben.

»Location-Wechsel?«, schreit Simone.

»Ich bin dabei!«, kreischt Anna zurück.

Ich stoße die schwere Tür der Bar mit einem Ruck auf und die uns entgegenkommende kühle Luft tut allen gut. Wir landen in der Karaokebar nebenan, wo sich zwei Männer an einem Liebeslied versuchen. Die sentimentale Stimmung nimmt uns kurz mit, doch schon mit dem nächsten Song kommt die Leichtigkeit zurück. Ein Rosenverkäufer will uns immer wieder dazu nötigen, ihm etwas abzukaufen. Ich überlege kurz, lehne dann aber doch ab.

Wir wechseln nochmals die Bar. Dort versacken wir bei ein paar Runden am Tischkicker, wo wir uns schlussendlich mit einem Unentschieden von unseren Gegnern trennen. Nach und nach setzt die Müdigkeit ein und wir sind uns einig, dass der Abend hier zu Ende geht. Im Taxi schlafe ich fast ein und nehme gar nicht mehr richtig wahr, dass es draußen in der Zwischenzeit schon wieder taghell geworden ist. Als wir endlich zuhause sind, verkriecht sich jede von uns unter ihrer Bettdecke. Mir fällt es schwer einzuschlafen, während schon die Vögel zwitschern und die Sonne durch meine Vorhänge blitzt. Immerhin freue ich mich nun doch auf das anstehende Festival. Vor allem auf das Tanzen und den Kopf voller Glückseligkeit im Rausch der Endorphine.

Als ich aufwache, schmecke ich noch den Mexikaner der letzten Nacht. Mit Mundwasser zu gurgeln hilft dagegen. Auf dem Herd pfeift schon der Espressokocher. Anna steht mit einem Glas Wasser daneben.

»Guten Morgen«, stöhnt sie.

Ich stöhne ein »Moin« zurück.

»Kopfweh?«

»Nee. Oder vielleicht doch«, erwidere ich unschlüssig, »aber das war ein echt schöner Abend gestern mit euch!«

Kurz darauf sitzen wir am Frühstückstisch und halten uns an unseren Kaffeebechern fest. Ich bin dankbar, dass Simone Omeletts für uns gemacht hat. Eine echte Wohltat. »Das war doch ein guter Einstieg für das Festival-Wochenende!«, murmelt Anna.

»Ich muss dir noch was sagen, Lena«, kündigt Simone plötzlich an. »Dieses Jahr können wir nicht zu dritt das Zelt teilen. Marcel kommt mit. Er hat sich vorgestern noch ein Ticket über eine Ticketbörse ersteigert«, erklärt sie leicht reumütig und versucht dabei, mir nicht in die Augen schauen zu müssen. Ich kaue etwas länger als nötig auf meinem Brötchen herum. Was erwartet sie? Dass ich mich freue? In den vergangenen Jahren haben Simone, Anna und ich immer zu dritt das Zelt geteilt.

Sicher wäre es nicht fair, wenn ich jetzt sagen würde, dass ich es anders besser fände.

»Was ist, Lena? Du sagst ja gar nichts«, bohrt sie da schon nach, bevor ich zu Ende denken kann. Ich schaue herüber zu Anna, die meinem Blick jedoch mit einem tiefen Schluck aus ihrer Tasse ausweicht.

»Ich finde, du hättest vorher mit uns absprechen sollen, dass du deinen Boy dabeihaben willst. Davon war bisher nicht die Rede«, höre ich mich plötzlich antworten – vielleicht eine Spur zu trocken.

Simone schluckt. »Es hat sich eben erst kurzfristig ergeben und Marcel hat mich damit auch überrascht. Ich finde es süß, dass er sich interessiert und euch auch besser kennenlernen möchte.«

»Ach, komm. Dann machen wir es uns eben zu zweit gemütlich im Zelt«, interveniert nun Anna, von ihrem Kaffee aufblickend. »Mir hat Simone das auch erst auf der Fahrt hierher erzählt; zuerst habe ich ähnlich reagiert wie du – aber eigentlich sollten wir uns doch für sie freuen.«

Natürlich hat Anna recht. »Ja, ich freue mich ja auch für Simone«, antworte ich also. »Ist schon in Ordnung, eben nur ungewohnt. Und es war ja auch absehbar, dass das bei einer von uns irgendwann so kommen wird …«

Wir reden noch weiter über das Festival und ich bin froh, dass wenigstens Anna als Single-Freundin dabei sein wird; ich stelle mir vor, dass es als Single zwischen lauter Paaren wohl ziemlich langweilig sein dürfte. Maria und Paul, das ging immer klar, aber jetzt Simone mit ihrem Lover? Irgendwie schwindet dadurch der Glanz der Unbeschwertheit. Jedenfalls wird es sicher nicht mehr so sein wie früher. – Aber ist es wirklich das? Oder geht es eher darum, dass ich mich immer mehr allein auf der Partnersuche fühle, während alle anderen schon angekommen sind? Bin ich gerade eifersüchtig auf Simone? Ich schiebe die Gedanken zur Seite. Mit einem Kater lässt es sich schwer denken und die Emotionen werden durch den Schlafmangel und die Erschöpfung unnötig intensiviert.

Nach dem Frühstück machen sich Anna und Simone auf die Heimreise. Zum Abschied nehme ich beide in den Arm. Simone flüstere ich dabei ins Ohr, dass ich fein damit bin, wenn Marcel mitkommt. Das meine ich auch so. Dinge ändern sich nun einmal von Zeit zu Zeit – es wäre ja auch schlimm, wenn nicht, gestehe ich mir ein. »Bis nächstes Wochenende, und kommt gut nach Hannover zurück!«, rufe ich ins Treppenhaus und den beiden hinterher. Dann fällt die Wohnungstür ins Schloss und es wird still.

Ich werfe doch noch eine Kopfschmerztablette ein und lasse mich aufs Sofa fallen. Die Sofadecke ziehe ich mir trotz der Wärme draußen bis unter das Kinn. In meinem Kopf macht sich das Liebeslied aus der Karaokebar von gestern breit. Allmählich laufen mir Tränen über die Wangen.

KOMMANDO KONFETTI

Ich klappe den Laptop zu und atme tief durch. Die Woche war stressig und mir rauscht der Kopf. In den letzten beiden Nächten habe ich kaum geschlafen. Der Job macht mir zu schaffen. Ich werde von Woche zu Woche unsicherer, ob es wirklich das ist, was ich möchte. »Musst du nicht zum Zug?«, ruft Ina zu mir herüber. Ein Blick auf die Uhr – Ina hat recht. Ich greife mir eine Shorts und ein Shirt aus dem Rucksack neben mir, um mich für das Festival umzuziehen. Ina umarmt mich noch und wünscht mir viel Spaß.

Am Hauptbahnhof kaufe ich mir auf die Schnelle ein Franzbrötchen und einen Kaffee für die Fahrt. Der Zug wartet bereits am Gleis. Erschöpft lasse ich mich in die Sitzbank sinken und nehme einen großen Schluck vom Kaffee, wobei ich mir die Zunge verbrenne.

Die ganzen letzten Tage über habe ich schon diesem Wochenende entgegengefiebert. Ich muss dringend mal abschalten. Zurzeit denke ich viel über einen Jobwechsel nach. Diese langwierigen Konzernschleifen stören mich. Bis ein Prozess umgesetzt werden kann, sind oftmals Abertausende von Abstimmungen nötig. Soll ich auf mein immer präsenter werdendes Bauchgefühl hören und mich nach einem Start-up im Nachhaltigkeitsbereich umschauen? Zwischen Zeigefinger und Daumen zwirbele ich eine Haarsträhne hin und her. Schließlich streiche ich sie beiseite. Ich beschließe, von der Jobentscheidung erst einmal Abstand zu nehmen und mich auf das Festival zu fokussieren – danach kann ich das Thema in Ruhe angehen. Für die verbleibende Fahrtdauer schließe ich die Augen und gebe mich der Musik aus meinen Kopfhörern hin.

Den Ausstieg in Bremen verpasse ich fast, schrecke aber gerade noch rechtzeitig durch die Lautsprecheransage hoch. Vor mir läuft ein Typ mit buntem Haarband. Ich würde ihn gern von vorn zu sehen bekommen, weshalb ich meinen Schritt beschleunige. In der Bahnhofshalle bleibt er zusammen mit einem Kumpel stehen. Als ich die beiden überhole, treffen sich unsere Blicke. Vielleicht begegne ich ihm ja auf dem Festival wieder, denke ich, während ich an ihm vorbei und weiter in Richtung Parkplatz gehe ...

Ich halte nach Pauls blauem Bulli Ausschau. In diesem Moment höre ich auch schon Marias freudiges »Hey, Lena!«, als der Bus direkt neben mir zum Stehen kommt und sie ihren Kopf weit aus dem Fenster in meine Richtung streckt. Sie springt heraus und wir umarmen uns. Erst danach begrüße ich auch Paul und Anna. Ich lasse mich auf die quietschende Rückbank fallen und es geht los. »Wie war die Zugfahrt? Bist du auch schon ganz aufgedreht?«, fragt Anna. Ohne eine Antwort abzuwarten, berichtet sie, dass Simone vom Festival schon Bilder mit den anderen beim Flunkyballspielen geschickt hat. – »Na, da steigen wir doch gleich mit ein, würde ich sagen!«, antworte ich. Von meiner Begegnung am Bahnhof erzähle ich zunächst nichts.

Maria wirft Anna und mir jeweils eine Dose Prosecco herüber. »Aufs Festival, Mädels!«, prostet sie uns zu. »Oh, sorry, Paul – und auf dich natürlich auch«, fügt sie noch schnell hinzu und gibt ihm einen Kuss auf die Wange. Der angewärmte Prosecco schmeckt nicht, erfüllt aber seinen Zweck. Die Gedanken, die mich noch auf der Zugfahrt beschäftigten, rücken weiter in den Hintergrund und ich freue mich auf das, was kommt.

Paul fährt auf das Festivalgelände ein und wir suchen nach einem passenden Platz für den Bulli. Auf dem Weg über den

Zeltplatz erscheint mir dieser wie eine dörfliche Parallelwelt zum Alltag, ein besonderer Ort des Zusammenkommens. Überall ist Musik zu hören. Grill- und Dosenbiergeruch liegt in der Luft. Als wir bei den anderen ankommen, fällt Simone mir um den Hals und stellt mir Marcel vor – ihrem Pegel nach haben sie offensichtlich schon ein paar Runden Flunkyball hinter sich … Nach dem Zeltaufbau steigen wir Neuankömmlinge auch mit ein. Die erste Runde geht an mein Team.

Jahr für Jahr bin ich immer wieder überrascht, wie gut es tun kann, ein Wochenende lang mit stumpfen Gesprächen, Alkohol von morgens bis spät in die Nacht und dem Abtauchen in die Musik zu verbringen. Das Ganze ist ungefähr so wie der Besuch auf einem Spielplatz für Erwachsene – nur noch bunter. Und ohne Aufpasser, der einem sagt, dass man sich nicht schmutzig machen soll. Angesteckt durch die gute Laune in der Gruppe erzähle ich Anna von meiner kurzen Begegnung am Bahnhof. »Na, dann bin ich ja mal gespannt, ob du ihn tatsächlich hier entdeckst. Bei so um die fünftausend Besuchern – das ist ja eigentlich echt überschaubar«, antwortet sie ironisch und tätschelt mir dabei freundschaftlich die Schulter.

Wir Mädels kleben uns Glitzer ins Gesicht, bevor wir mit allen gemeinsam hinüber zum Festivalgelände marschieren. Die drei Bühnen werden jeweils durch Lichterketten in den umstehenden Bäumen eingerahmt. Vor uns tobt die Menschenmenge zu den Acts. In der Luft wirbeln Seifenblasen und Ravesticks um die Wette. Rauschartig werde ich von der Atmosphäre mitgerissen. Immer wieder ertappe ich mich jedoch dabei, wie ich nach dem Typen vom Bahnhof Ausschau halte. Maria zupft an meinem T-Shirt und legt mir den Arm um die Schultern. Dann tauchen wir ab in die Menge und werden zu einem Teil des Schwarms. Wir tanzen und werfen uns unverständliche Sätze zu. Die Stimmung ist mehr als ausgelassen.

Zwischendurch pausieren wir an einem der Bierstände und gleiten danach wieder zurück ins Getümmel. Ab und an wechseln wir die Bühne und landen schließlich bei einem DJ-Set auf einem separaten Flecken abseits der Masse. Die Lichtkegel blitzen und unsere Körper verformen sich immer wieder neu. Wenig später beschließen Anna und ich, in Richtung Zelt aufzubrechen. Die anderen wollen noch bleiben.

»Ich freu mich für Simone. Sie wirkt sehr glücklich mit Marcel«, sage ich, als wir uns schließlich etwas außer Reichweite der dröhnenden Musik befinden.

»Ja, das habe ich auch so wahrgenommen«, erwidert Anna und hakt sich bei mir unter. Der Sternenhimmel ist klar und fernab der tanzenden Meute macht sich die Kälte der Sommernacht breit. Bis wir unsere Zelte finden können, drehen wir einige unfreiwillige Runden über den Platz. Anschließend sitzen wir noch eine Zeit zusammen vor dem Zelt, obwohl wir beide schon müde sind. Ich ziehe mir noch einen weiteren Pullover an. Mein Kopf dröhnt von der Musik. Aber auch auf dem Zeltplatz kehrt noch keine Ruhe ein.

»Bist du enttäuscht, dass du ihn nicht gesehen hast?«, fragt Anna.

Ich zögere. »Ein bisschen schon. Aber morgen ist ja auch noch ein Tag. Und wenn es nicht sein soll, dann ist das eben so. Wahrscheinlich ist er auch vergeben und dann hat es sich sowieso erledigt.«

»Verwandle deine Bedenken in Zuversicht. Wenn du dir wünschst, dass ihr euch begegnet, dann wird es auch so sein«, muntert Anna mich auf.

Ich lächele sie an und stehe auf. »Mir ist kalt. Schlaf gut.«
Der Nachhall der Musik aus der Ferne und die Stimmen um uns herum bleiben. Bevor ich im Zelt verschwinde, nehme ich aus dem Augenwinkel eine Sternschnuppe wahr und wünsche mir etwas.

Der Schlafsack und mein T-Shirt kleben an mir und die Sonne durchflutet das Zelt. Viel geschlafen habe ich nicht. Ich greife nach meinen Sachen und breche auf zum Duschzelt. Als ich zurückkomme, sitzen Simone, Anna und Maria bereits in ihren Campingstühlen und schauen mich verschlafen an. »Habt ihr auch Lust auf einen Kaffee?«, frage ich. »Daran haben wir auch schon gedacht und wollten noch auf dich warten«, erwidert Maria.

Der Kaffeestand ist nur ein paar Schritte von unseren Zelten entfernt. Wir reihen uns in die Schlange ein – und da steht er. Die Sonne reflektiert sich in seinen Augen. Unsere Blicke treffen erneut aufeinander und ich bin mir sicher, dass er mich auch erkannt hat. »Geh schon rüber«, fordern Anna und Maria mich auf. Ich überwinde mich und gehe zu ihm.

»Hey! Ich bin Lena.«

»Flo. Freut mich.«

»Mich auch.«

Stille.

»Ich bin noch nicht ganz fit. Vielleicht sehen wir uns später noch?«, bringt er verschlafen hervor, während er sich einen Zopf macht. Dann winkt er mir noch einmal zu und verschwindet zwischen den Zelten.

Tagsüber schauen wir uns ein paar Bands an, verbringen aber die meiste Zeit auf dem Zeltplatz. Später ziehen wir erneut los zu einem DJ-Set, das Paul unbedingt sehen möchte. Der Sound ist gut und wir drängen weiter nach vorn. Unerwartet greift mir eine Hand an die Schulter. Es ist Flo. Er umarmt mich, als würden wir uns schon länger kennen.

»Hey! Sorry wegen heute Morgen – jetzt bin ich wach«, höre ich dabei seine Stimme in meinem Ohr.

»Kein Ding«, rufe ich zurück.

»Kommst du weiter mit nach vorne?«

Ich wende nichts ein. Flo nimmt meine Hand und wir treiben geradewegs durch die pulsierende Menge auf die Bühne zu. Seine blauen Augen strahlen mich an. Ich kann die Anziehung, die von ihm ausgeht, nicht leugnen. Als wir ein bisschen abseits der Menge ankommen, breitet er auf seinem Handrücken ein weißes Pulver aus und zieht es durch die Nase. »Auch was?«, fragt er mich. Ich lehne dankend ab. Dann tauchen wir wieder ein in die Menge. Ich glaube nicht, dass es heute seine erste Dosis war. Kurz überlege ich, ob ich bleiben oder zu den anderen zurück soll. Doch während ich noch versuche, eine Entscheidung zu treffen, drückt Flo mich an sich und beginnt mich zu küssen. Es kribbelt heftig in mir. Ich möchte mich nicht lösen. Ich bleibe bei ihm.

Wir harren noch eine Weile aus und inhalieren den Beat und die grandiose Stimmung. Dabei küssen wir uns immer und immer wieder. Die Künstler auf der Bühne beenden allmählich ihre Performance. Ich will noch nicht gehen. Will nicht, dass dieser schöne Moment jetzt endet. Flo nimmt meine Hand und schlägt vor, außerhalb des Festivalgeländes den nahenden Morgen gemeinsam zu begrüßen. Ich zögere kurz, gehe dann aber mit, bis wir an einen Feldweg kommen und dort anhalten.

»Siehst du die großen, runden Strohballen dort?«, zeigt Flo.

»Ja.«

»Kommst du hoch?«

»Vielleicht.« – Flo hievt mich das letzte Stück nach oben und kommt dann im dritten Anlauf nach. Ich überlege, wann oder ob ich schon einmal auf so einem Strohballen gesessen habe. Sicherlich als Kind zuletzt. Wir sitzen einige Zeit stumm da und schauen übers Feld in Richtung Sonnenaufgang.

»Und jetzt? Mir wird langsam kalt«, werfe ich ein.

»Komm, nimm meine Jacke«, antwortet Flo. Dadurch wird mir wärmer.

Nach der durchzechten Nacht ist kaum noch Raum für ein tiefgreifendes Gespräch. Jeder hängt seinen Gedanken nach. Es ist schwierig, eine Verbindung aufzubauen, wenn man kaum etwas übereinander weiß und die Energie fehlt, dies zu ändern. Trotzdem zieht er mich weiterhin an. Unsere Küsse werden nach einer Pause wieder intensiver. Ich spüre plötzlich ein Verlangen nach mehr. Flo springt zuerst vom Strohballen. »Ich fang dich auf!« – Ich lande in seinem Arm und er zieht mich nah zu sich heran. Wir lehnen am Strohballen. Seine Hände berühren mich intensiv und ich möchte es in diesem Moment. Er fragt, ob ich es auch so sehr spüre. Mehr als ein Nicken antworte ich nicht. Flo kramt in seinem Portemonnaie nach einem Kondom und zieht dann meinen Rock hoch und den Slip herunter. Es fühlt sich gut an. Irgendwie aber auch nicht real, hier mitten auf dem Feld im Morgengrauen. Im Hintergrund zwitschern bereits die Vögel und der Tag bricht an. Wir schauen uns in die Augen.

Hand in Hand schlendern wir zurück in Richtung Zeltplatz. Flo hält an und lässt meine Hand für einen Moment los. »Das war wirklich schön gerade«, sagt er, und nach einer kurzen Pause fügt er hinzu: »Aber ich glaube, wir werden uns nicht wiedersehen. Ich hab eine Freundin zuhause in Wolfsburg.«

Wie soll ich darauf reagieren? Dass wir uns nicht wiedersehen würden, habe ich mir auch schon gedacht. Aber jetzt fühle ich mich regelrecht benutzt, wie ein Lückenfüller oder eine Trophäe für ihn. Deshalb sage ich das: »Ich weiß gerade nicht, was ich dir antworten soll. Das ist mies! Deine Freundin sitzt zuhause und hat dir wahrscheinlich sogar noch ein großartiges Wochenende hier gewünscht.«

»Ich fühle mich auch nicht gut damit. Du hast mich aber so sehr angezogen, dass ich nicht widerstehen konnte«, antwortet Flo. »Es gibt gerade viel Stress in meiner Beziehung. Vielleicht ist es auch keine richtige Beziehung mehr.«

»Versuchst du jetzt, dein Gewissen zu beruhigen?«

»Nein. Aber eigentlich ist das mit meiner Freundin auch meine Sache. Hätte ich gar nicht sagen müssen.«

»Ja, es ist deine Sache.« – Ich merke, dass es mich trotzdem wütend macht. Mehr und mehr werde ich nüchtern und komme wieder in der Realität an. Ich kann schon den Zeltplatz sehen. Wir verabschieden uns hastig. Das war es. Mittlerweile ist es taghell; ich kneife kurz die Augen zu, aber es lässt sich nicht leugnen. Den Reißverschluss des Zeltes ziehe ich so langsam wie möglich hoch. Trotzdem ist Anna schon wach.

»Hast du mal auf dein Handy geguckt?«, herrscht sie mich an.

»Nein«, entgegne ich wahrheitsgemäß.

»Mensch, Lena, wir haben uns Sorgen gemacht! Warst du bis eben mit ihm unterwegs?«

»Ja, es tut mir leid, ich hätte mich melden sollen.«

»Ist ja nichts passiert. Oder? Erzähl!«

»Später, Anna. Ich bin todmüde und versuch jetzt noch eine Runde zu schlafen. Wenn was ist, weckt mich nicht auf!«

Wirklich schlafen kann ich nicht. Es ist brütend heiß im Zelt. Ich wache zwei Stunden später zermatscht in meinen Klamotten der gestrigen Nacht auf. Mein Kopf brummt lauter als der alte Bulli von Paul und mein Mund ist ausgetrocknet. Mit geschlossenen Augen greife ich nach der Wasserflasche, die neben mir liegt. Das Wasser ist warm. Da es im Zelt kaum noch auszuhalten ist, muss ich hier raus. Draußen sitzen bis auf Paul und seine Jungs alle beisammen und stoßen teilweise schon mit dem ersten (oder auch schon zweiten) Bier an. Am liebsten würde ich auf der Stelle wieder ins Zelt zurückkriechen, wenn es dort nicht so unzumutbar heiß wäre.

»Guten Morgen Lena!«, begrüßt Maria mich und kommt zu mir herüber.

»Morning!« Mehr bringe ich noch nicht über die Lippen, und allein das kostet mich gerade schon genug Energie.

»Anna hat mir schon erzählt, dass du eine lange Nacht hattest. Wir haben uns Sorgen gemacht, als du gestern plötzlich weg warst.«

»Sorry. Ich habe eure Nachrichten gar nicht gelesen. Ich weiß, ich hätte mich melden sollen«, gebe ich zerknirscht zu.

»Wo warst du denn die ganze Nacht?«, flüstert sie mir zu, um nicht die Aufmerksamkeit aller auf unser Gespräch zu lenken.

»Ich muss erst mal ganz dringend duschen und meinen Kopf freibekommen. Ich erzähl dir später alles, okay?«, flüstere ich zurück.

Nach der Dusche geht es mir tatsächlich schon etwas besser und ich geselle mich zu den anderen. Beim Bier lehne ich dankend ab.

»Nun erzähl schon!«, stupst Anna mich an.

Ich nippe an meiner Brause. »Okay. Ich bin gestern mit diesem Flo, na ihr wisst schon, der vom Bahnhof in Bremen, los.«

»Das haben wir mitbekommen«, merkt Simone süffisant an.

»Was soll ich sagen? Wir haben getanzt und uns geküsst und waren dann spazieren«, versuche ich halbwegs gelassen zu reagieren, ohne dabei rot zu werden. Das Gespräch ist mir unangenehm und ich weiß auch noch nicht, ob ich alles erzählen möchte.

»Spazieren?« Anna schaut mich verdutzt an.

»Ja. Außerhalb vom Gelände.«

»Lief da mehr?«, will Maria wissen.

»Wollen wir nicht noch mal rüber zum Gelände, bevor wir nachher abfahren?«, versuche ich mit einer Gegenfrage auszuweichen und stehe bereits auf.

»Versuchst du mir auszuweichen?«

»Vielleicht«, gestehe ich. »Lasst uns die Tage in Ruhe sprechen. Ich bin echt müde, verkatert und einfach nur im Eimer.« Damit ist das Thema zunächst vom Tisch – um weitere Details in den nächsten Tagen werde ich aber wohl nicht herumkommen. Nach ein paar letzten Konzerten packen Paul, Maria und ich unsere Sachen zusammen und verabschieden uns von allen. Der Rest wird später oder erst morgen abreisen. Simone und Anna nehme ich noch einmal fest in den Arm und verspreche dabei, dass wir uns in der kommenden Woche hören werden.

Maria und Paul setzen mich wieder am Bahnhof in Bremen ab. Ich bedanke mich bei den beiden und nehme auch sie zum Abschied noch einmal fest in den Arm. Als ich im Zug sitze, tauche ich langsam wieder aus der Parallelwelt auf. Mit jedem Kilometer, den wir uns Hamburg nähern, wird die Realität greifbarer: Kann ich diesen One-Night-Stand einfach so abhaken, oder kränkt es mich doch mehr als ich zugeben möchte? Ich entschließe mich dazu, den Gedanken erst wieder aufzunehmen, wenn der Festivalzauber und damit auch Müdigkeit und Trunkenheit vollständig von mir abgefallen sind. Als der Zug über die Elbbrücken fährt, atme ich tief ein und freue mich einfach nur unglaublich auf meine Dusche und auf mein Bett daheim.

DER ENTSCHLUSS

Lustlos fahre ich am Montagmorgen mit dem Rad ins Büro. Während ich schneller in die Pedale trete, fasse ich den Entschluss, in der Jobfrage so bald wie möglich etwas zu ändern und mich nach Alternativen in Hamburg umzuschauen. Umso mehr mir der Fahrtwind durchs Haar streift, desto klarer werden meine Gedanken und desto stärker wird der Wunsch nach Veränderung. Ich führe dabei die Überlegungen von der Zugfahrt weiter; in Zukunft in einem kleinen Start-up mit ganzheitlich-nachhaltigen Zielen zu arbeiten – das ist es.

Den späteren Abend verbringe ich auf dem Sofa und denke dabei über das Festival nach, das mir noch in den Knochen steckt. Kann ich diesen One-Night-Stand einfach abhaken und so tun, als wenn nichts gewesen wäre? Habe ich denn überhaupt eine andere Wahl? Ich versuche mir nicht zu sehr den Kopf darüber zu zerbrechen – meinen Freundinnen werde ich zwar noch davon berichten, insgesamt muss ich es aber wohl als Erfahrung verbuchen. Jedenfalls gibt es keinen Grund, weshalb ich mir deswegen weiter Gedanken oder Sorgen machen müsste. In dem Moment, in dem es passierte, habe ich mich einfach meiner Lust hingegeben. Ich beschließe, es gelassen zu sehen. Manchmal hinterfrage ich einfach zu viel ... Ich nehme mir vor, es jetzt dabei zu belassen und schließe für einen Moment die Augen, um meine innere Ruhe wiederzufinden.

Am Mittwochabend ist der Regen warm und kalt zugleich auf der Haut. Es ist ein unfreiwilliges Wechselbad. Ich hätte auf die Wetterprognose hören sollen, dann müsste ich jetzt nicht durch den Regen nach Hause strampeln. Die Straßen sind leer und mein Blickfeld ist durch den Regen und die an meinem Kopf herunterlaufenden Wassertropfen stark eingeschränkt. Trotzdem sehe ich es nicht ein, abzusteigen und den Rest zu schieben.

Triefend stehe ich vor meiner Wohnungstür und überlege, wie ich es ins Bad schaffen kann, ohne dabei in der gesamten Wohnung ein völliges Chaos anzurichten. Meine Klamotten lasse ich deshalb direkt im Flur fallen. Ich hülle mich in einen Bademantel und schaue aus dem Fenster. Der Regen hat zwar nachgelassen, doch es bilden sich weiterhin Blasen auf der Straße. Wenig später sitze ich mit einem Kakao in den Händen auf meinem Bett und telefoniere mit Maria, Anna und Simone. Nachdem wir uns über das Festival ausgetauscht haben und uns nicht einigen können, ob es schöner gewesen ist als im Jahr zuvor, platzt Maria anscheinend fast vor Neugierde und bittet mich, jetzt endlich von meinem Abend mit Flo zu berichten. Ich zögere zunächst, aber dann erzähle ich doch ausführlich davon – und auch von dem One-Night-Stand.

»Und würdest du sagen, es war nur guter Sex – oder bist du enttäuscht darüber, dass ihr euch nicht wiederseht?«, möchte Anna wissen.

»Ich glaube, es ist richtig so wie es jetzt ist. Ich weiß gar nicht, ob sich überhaupt etwas entwickelt hätte, wenn wir uns einfach so über den Weg gelaufen wären. Vorgestern habe ich gerade noch mal darüber nachgedacht, aber ich fühle mich inzwischen völlig fein damit«, antworte ich.

Wir reden noch weiter über One-Night-Stands im Allgemeinen und wechseln später dann das Thema. Maria erzählt davon, dass Pauls Bulli Probleme macht. Wenn sich diese nicht beheben lassen, müssen die beiden sich eine Alternative für den bevorstehenden Urlaub in Portugal überlegen. Paul ist deshalb gereizt und Maria versucht einem Streit aus dem Weg zu gehen.

»Was macht ihr, wenn der Bulli nicht rechtzeitig aus der Werkstatt kommt oder noch Ersatzteile bestellt werden müssen?«, frage ich.

»Vielleicht spontan einen Flug buchen. Irgendwie denke ich, dass doch noch alles gut wird und wir wie geplant loskönnen«, zeigt Maria sich zuversichtlich.

»Ich hätte manchmal gern mehr von deinem Optimismus.«

»Und ich erst!«, stöhnt Simone auf.

»Sag mal, Lena, du hattest auf dem Festival kurz angeschnitten, dass du dir mit dem neuen Job unsicher bist?«, wechselt Maria erneut das Thema.

Doch ich entgegne, dass ich eigentlich gar nicht mehr unsicher bin. »Inzwischen bin ich mir sogar ziemlich sicher. Ich werde mich nach Alternativen umschauen.«

»Was schwebt dir vor? Könntest du dir auch vorstellen, wieder nach Hannover zurückzukommen?«, hakt Anna nach.

Ich überlege kurz und antworte dann, dass ich hier in Hamburg bleiben möchte. »Auch wenn ich noch nicht einordnen kann, was die Stadt für mich bereithält, ist weggehen im Moment keine Option. Versteht ihr das?«

Maria zögert mit ihrer Antwort und äußert sich nicht konkret, aber ich weiß, dass sie sich darüber freuen würde, wenn ich zurückkäme. Anna und Simone hingegen machen mir Mut für die Jobsuche. Schließlich lenkt auch Maria ein und versichert, dass sie natürlich in erster Linie möchte, dass ich zufrieden bin.

Nach fast zwei Stunden beenden wir das Gespräch und verabreden direkt das nächste gemeinsame Telefonat. Anschließend genieße ich die Stille. Die Worte bezüglich der Jobsuche haben mich gestärkt. Ich greife nach dem Laptop auf dem Tischchen neben meinem Bett. Immer wieder versuche ich es mit neuen Suchbegriffen und durchstöbere die einschlägigen Job-Portale. Es ist allerdings nichts Passendes zu finden, weshalb ich den Laptop wieder zuklappe und mir noch einen Kakao mache. Draußen regnet es immer noch und hört wohl nicht mehr auf. Ich beschließe, die Recherche in den nächsten Tagen fortzusetzen.

Den Donnerstagabend verbringe ich endlich mal wieder mit Ina beim Yoga. In der letzten Zeit sind die Yogastunden im Studio etwas zu kurz gekommen; entweder habe ich es immer nicht rechtzeitig aus dem Büro geschafft oder dann doch lieber die Abendsonne draußen genossen.

»Das tat unfassbar gut.« Ina strahlt voller Freude. »Wir sollten da wieder mehr Routine reinbekommen.«

»Ja, du hast recht«, stimme ich ihr zu. »Ich fühle mich nach den Stunden hier auch meistens viel entspannter – und vor allem klarer in dem, was ich denke.«

»Beziehst du das gerade auf etwas Konkretes?«, will Ina wissen.

Ich bin erst unsicher, ob ich ihr schon von meiner Jobsuche erzählen soll. Dann gebe ich mir aber doch einen Ruck: »Ina, es gibt da eine Sache, über die ich mir in den letzten Wochen sehr viele Gedanken gemacht habe. Ich hatte mich sehr auf den Job hier in Hamburg gefreut. Es ist ein großes Geschenk, dass ich dich darüber kennengelernt habe. Doch wohl fühle ich mich nicht in dem, was ich beruflich mache. Der Job passt nicht zu mir«, erkläre ich.

Ina schaut mich an und sagt zunächst nichts. Dann antwortet sie: »Ich habe mir so was schon gedacht. Es ist gut, dass du bereits den Entschluss gefasst hast, dich zu verändern. Du bleibst doch aber in Hamburg, oder?«

Mir fällt ein Stein vom Herzen. »Wenn es möglich ist, bleibe ich auf jeden Fall hier. So schnell wirst du mich nicht los!«, grinse ich sie an.

Den Weg nach Hause schieben wir, bis Ina abbiegen muss. Wir sprechen dabei über die Arbeit und ich erzähle ihr, was mir künftig vorschwebt. Bevor wir uns verabschieden, machen wir noch ein Treffen morgen Abend auf Sankt Pauli aus. Endlich mal wieder ein gemeinsames Feierabendbier, denke ich, und dabei einfach so auf dem Bürgersteig sitzen und *cornern* … Ich bin erleichtert, dass Ina meine Entscheidung nachvollziehen kann. Auch den Rest meines Heimweges schiebe ich und genieße es, noch ein paar Meter durch den Abend zu gehen.

Zuhause bin ich gedanklich noch aufgewühlt von unserem Gespräch. Um langsam herunterzukommen, setzte ich mich noch auf den Balkon, obwohl es bereits dunkel geworden ist. Meine Gedanken kreisen um meine aktuellen Wünsche: Beruflich habe ich mich eindeutig für den Weg der Veränderung entschieden und muss diese Entscheidung jetzt umsetzen. Und sonst? Sehne ich mich aktuell immer noch nach einer Beziehung, oder möchte ich lieber die Zeit in Hamburg genießen und dabei frei sein? Was ist Liebe und welche Ängste bringt sie mit sich? – Eine zufriedenstellende Antwort finde ich momentan nicht.

Es ist die Vergangenheit, die einem im Nacken sitzt, und die Zukunft, die einen unbeholfen nach vorn stolpern lässt. Warum nicht innehalten, ohne dabei an gestern oder morgen zu denken? Ich puste die Kerzen aus und gehe hinein.

KAFFEE MARTINI

Inas Hand auf meiner Schulter lässt mich zusammenzucken. »Sorry, ich wollte dich nicht erschrecken! Feierabend und los zum verdienten Bier ins Wochenende?«, fragt sie. »Sehr gern!«, entgegne ich und fahre im selben Atemzug den Rechner herunter. Draußen ist es angenehm warm und es riecht förmlich nach dem ersehnten Wochenende. Konkrete Pläne, außer mich mit der Jobsuche zu befassen, habe ich bisher nicht.

»Was steht bei dir an, Ina?«

»Wenn sich das Wetter hält, wollen Jonas und ich morgen zum Oortkatener See. Und dein Plan?«

»Ich habe ein paar Dinge abzuarbeiten, die ich schon länger vor mir herschiebe. Ansonsten schaue ich, was sich spontan ergibt.«

»Dann stoßen wir doch darauf an, dass wir jetzt ein Bier draußen auf dem Bürgersteig zwischen den ganzen Hipstern hier genießen können«, schlägt Ina vor.

Nach dem ersten Feierabendbier steuern wir auf den Dönerladen an der Ecke zu. »Das tat richtig gut«, murmele ich, als ich mir anschließend mit der Papierserviette den Mund abwische. Das Lachen der kleinen Grüppchen um uns herum vermischt sich mit der Musik, die aus den umliegenden Bars herüberschallt. Ich schaue mich um und beobachte drei Mädels, die uns gegenübersitzen und gestikulieren, doch es gelingt mir nicht aufzuschnappen, worum es geht. Dann erspähe ich ihn – einen Typen mit dunklen Haaren. Meine Augen (und in Gedanken auch schon meine Lippen) haften regelrecht an ihm.

»Lena, hörst du mir zu? Soll ich uns noch ein Bier vom Kiosk holen?«, vernehme ich Inas Stimme wie von ganz weit weg.

»Entschuldigung, ich war«, fange ich an zu stammeln, »ich war gerade völlig abgelenkt.«

»Das hab ich gemerkt. Der sympathisch aussehende Typ da drüben, oder?«

Ich nicke stumm. »Gern noch ein Bier …«
Während Ina zum Kiosk herüberläuft, kommt es zum ersten Blickkontakt zwischen dem Typen und mir. Ein Lächeln huscht über sein Gesicht. Ich erwidere es. Als sie wieder da ist, erzähle ich Ina davon.

»So, so«, überlegt sie schmunzelnd, »dann musst du mit dem Typen noch heute Abend ins Gespräch kommen!«

»Einverstanden«, antworte ich entschlossen.

»Komm!« Ina streckt mir ihre Hand entgegen und hilft mir vom Bordstein hoch. Erneut ein Blickkontakt.

»Gehen wir rüber?«, drängelt Ina.

»Ich weiß nicht, lieber nicht«, zögere ich erst noch, doch ehe ich mich versehe, stehen wir bereits neben ihm und seinem Kumpel.

»Cheers«, prostet er uns mit einem Bier in der einen und einem Kaffee in der anderen Hand zu. »Ich bin Martin, das ist Sven. Und wie heißt ihr?«

Wir stellen uns kurz vor und stoßen erneut an.

»Kommst du mit, die nächste Runde Bier holen?«, fragt Martin mich.

»Klar!«, strahle ich ihn an.

Beim Anstehen am Kiosk kommen wir ins Gespräch. Sein Kumpel ist demnach auch sein Mitbewohner. Die beiden teilen sich eine WG, gleich hier um die Ecke, zusammen mit einem Mädel aus seinem Studium. Gerade genießt Martin die letzten Züge des Studentenlebens, bevor er sich aufs Referendariat im kommenden Jahr bewerben will.

»Diesen Sommer und Herbst mit dem Bulli von meinem Bruder umherreisen und meine Verwandten in Frankreich besuchen, das wünsche ich mir«, schwärmt er und steckt dabei mit seiner Lebensfreude an.

»Bei dem Trip wär ich zu gern dabei! Bisher habe ich sowas noch nicht gemacht«, sage ich.

»Dann begleite mich doch ein Stück«, gibt er zurück.

»Wir kennen uns seit einer halben Stunde«, lache ich. Leider müssen wir unsere Unterhaltung unterbrechen, als wir uns zu Ina und Sven zurückkämpfen. Ich tausche unauffällig Blicke mit Ina aus. Sie signalisiert mir, dass ich mich weiter auf Martin fokussieren kann und sie sich mit Sven gut unterhält. Martins Lächeln steckt an. Immer wieder muss ich zurücklächeln. Er gefällt mir sehr. Es stört mich auch nicht, dass er zwei Jahre jünger ist als ich. Was sind schon zwei Jahre? Mit Ina und Sven tauschen wir uns übers Schwimmen in der Dove Elbe und die besten Bars und Drinks der Stadt aus. Ich kann noch nicht bei allem mitreden, aber ich bin umso gespannter, demnächst noch mehr davon kennenzulernen.

Martin zupft an meinem Ärmel und fragt etwas schüchtern nach meiner Handynummer. Er ruft direkt an, um sich zu vergewissern, dass er die Nummer auch richtig eingespeichert hat. »Ich freue mich, von dir zu hören!«, hauche ich ihm ins Ohr. Ina gibt mir zu verstehen, dass sie bald losmöchte. Klar, ich könnte noch bleiben. Aber mit der Entwicklung des Abends bin ich mehr als zufrieden und habe nichts gegen einen gemeinsamen Heimweg einzuwenden. Unsere Räder schieben wir, wie so oft, um uns besser unterhalten zu können.

»Du strahlst immer noch, Lena.«

»Merkt man mir das so sehr an?«

»Schon, aber mach dir mal keine Sorgen: Er wirkte ähnlich schockverliebt wie du!«

»Jetzt übertreibst du aber.« – Ina zieht ihre Augenbraue hoch und wir fangen beide an zu lachen.

»Ich wette, er meldet sich heute noch bei dir.«

»Glaube ich nicht.«

Unsere Heimwege trennen sich. »Hab ein schönes Wochenende und grüß mir Jonas!«, rufe ich Ina noch hinterher. – »Danke, du auch! Und schreib mir, wenn Martin sich gemeldet hat!« Und tatsächlich: Kurz nachdem ich die Haustür aufgeschlossen habe, vibriert mein Handy. Martin schreibt, dass er mich am Sonntag gern zum Spazierengehen treffen würde. Mein Herz tanzt Limbo …

SCHWERELOS

»Das rote Kleid, oder doch lieber Shorts mit T-Shirt?«, rauscht es durch meinen Kopf. Dabei ist es mir eigentlich egal, was ich trage, solang ich mich darin wohlfühle … Doch für das Date mit Martin verzweifle ich an der Wahl meines Outfits. Selbst das Telefonat mit Ina vorhin hat mich dabei nicht wirklich weitergebracht. Schließlich entscheide ich mich für einen meiner Jumper. Aufgeregt fahre ich zum Wohlers Park.

»Schön, dich zu sehen!«, begrüßt Martin mich freudig, streicht sich dabei aber auch leicht verlegen eine Haarsträhne aus dem Gesicht. Wir umarmen uns. Ich mag seinen Geruch.

»Wollen wir durch den Park?«, schlägt er vor. »Oder ist das unangenehm für dich, über einen ehemaligen Friedhof mit verwitterten Grabsteinen zu spazieren?«

Ich kenne den Park nur vom Vorbeifahren. Durch die ihn umgebende Mauer habe ich bisher nie viel davon sehen können. »Wirkt schon ein bisschen geheimnisvoll hier«, antworte ich.

»Das hast du gut erkannt!« Martin lacht und zwinkert mir dabei zu. »Ich geh hier ganz gern mal spazieren. Es ist so schön ruhig und entspannt, abseits des Trubels auf Pauli oder der Schanze. Ich mag diese kleine, versteckte Oase einfach – und abends kann sie sich auch mal in eine große Grillparty verwandeln.«

Wie er das meint, will ich wissen.

»Na ja, hier sind viele Kreative unterwegs, und abends ist es dann oft vorbei mit der Ruhe. Aber ist vielleicht so was wie ein innerer Spiegel.« Martin stockt kurz. »Sorry, das sollte sich jetzt eigentlich nicht so *weird* anhören«, schiebt er dann nach.

»Ach, Quatsch! Nur weil du dich selbst mit einem Park vergleichst?«, feixe ich ihm zu.

»Okay, alles klar, du nimmst mich nicht mehr ernst«, lacht er zurück. Wir schlendern beschwingt durch den Park und meine anfängliche Nervosität ist bereits komplett verflogen.

»Wie lange wohnst du schon in deiner WG auf Pauli?«

»Seit einem Jahr wohnen wir zusammen. Die Konstellation ist super – Sven kocht und Franka schmeißt den Haushalt.«

»Und was ist deine Rolle dabei?«, frage ich.

»Ich hab die Wohnung organisiert, das muss reichen«, grinst Martin mich an. »Nein, natürlich läuft es nicht so. Wir sind ein ganz gut eingespieltes Team. Jeder hat dabei auch seine Zeit für sich, und dann unternehmen wir wieder was zusammen. Und auch wenn es unglaubwürdig ist: Sogar der Putzplan funktioniert!« – Er schiebt noch ein »Einigermaßen …« nach.

»Davon muss ich mich dann mal selbst überzeugen«, antworte ich augenzwinkernd.

»Klar, komm gern vorbei!«

»Gleich später?«

»Ja, warum nicht? Dann geht mein Plan ja voll auf!« Martin lacht laut los. Eine Weile witzeln wir noch so weiter. Dabei tauschen wir immer wieder Blicke aus. Und obwohl ich wirklich versuche, mich auf den Augenkontakt zu konzentrieren, wandert mein Blick mehr als nur einmal herab zu seinen feingezeichneten Lippen, die ich schon bei unserem ersten Treffen so gern geküsst hätte. Martin gibt sich ganz anders als das bei Jan der Fall war. Vielleicht, weil er jünger ist. Ich merke jedenfalls, wie ich diese Leichtigkeit aufnehme und mich während des Gesprächs fallenlassen kann und nicht lange darüber nachdenken muss, was ich sagen will.

»Woher kommt eigentlich dein französischer Akzent? Oder bilde ich mir den nur ein?«

Wieder lacht Martin auf. »Nein, den bildest du dir nicht ein. Tatsächlich ist mein Vater Franzose. Hatte ich noch nicht erzählt? Meine Eltern haben sich leider früh getrennt, sodass der Kontakt zwischen uns am Anfang recht spärlich war. Aber seit ein paar Jahren haben wir wieder mehr miteinander zu tun. Dadurch spreche ich oft Französisch.«

Wir setzen uns auf eine Bank und Martin beginnt in seiner Tasche herumzukramen. Schließlich zieht er eine Flasche Wein daraus hervor. »Ist nicht mehr ganz kühl. Magst du trotzdem?« – Eigentlich wäre mir eine Schorle zwar gerade lieber, denke ich, aber die Überraschung finde ich schon sehr gelungen und süß. Dann tauchen aus der gleichen Tasche zwei leere Gurkengläser auf. »Weingläser in der Tasche zu transportieren ist ja etwas schwierig ...«, grinst Martin. Ungewollt ziehen sich meine Augenbrauen dabei etwas hoch, doch dann nicke ich ihm amüsiert zu. Immerhin eine kreative Lösung – und nachhaltig ist es auch noch, denke ich.

Wir nippen an unserem Wein und Martin erzählt von seiner Familie aus der Normandie. Abgesehen von ein paar Tagen in Paris bin ich noch nie in Frankreich gewesen. Interessiert höre ich seinen Beschreibungen zu und träume mich ein bisschen weg in die Landschaft, die dabei vor meinen Augen entsteht. Unsere Blicke treffen sich während der Gesprächspausen immer länger. Auch der Abstand zwischen uns ist mittlerweile merklich kleiner geworden – und ich weiß gerade nicht, ob wir uns nur noch an dem Gespräch festklammern, weil sich keiner von uns traut. Etwas unbeholfen nimmt Martin schließlich meinen Kopf in seine Hände, als wir einander wieder tief und lange in die Augen schauen. Wir küssen uns, endlich. In diesem Moment wünsche ich mir, dass wir das noch unzählige Male tun werden. Als wir die Augen wieder öffnen, ist die Sonne verschwunden und wir sitzen im Schatten. Äußerlich beginne ich etwas zu frösteln, aber innerlich fühle ich mich ganz warm.

Martin nimmt mich noch einmal in den Arm und drückt mich an sich.

»Wird dir kalt?«

»Ein bisschen.«

»Ja, mir auch.«

»Ich möchte eigentlich noch nicht gehen«, gestehe ich, »aber andererseits wäre es ja auch schade, wenn wir uns jetzt erkälten und uns dann nicht bald wiedersehen können, oder?« – Martin lächelt und streckt mir seine Hand zum Aufstehen entgegen. Ich nehme sie und Hand in Hand schlendern wir den Weg zurück, auf dem wir hergekommen sind.

»Also, ich kann dir natürlich noch einen Tee bei mir anbieten. Aber nur, falls du magst«, druckst Martin etwas herum. Ich hätte eigentlich wahnsinnige Lust, mit ihm auch noch den weiteren Abend zu verbringen. Aber etwas sagt mir, dass es noch genügend Treffen geben wird und ich heute nicht gleich mit zu ihm muss. »Dann würde dein Plan von vorhin ja wirklich aufgehen«, grinse ich ihm zu. »Aber heute nicht. Beim nächsten Mal?« Ich küsse ihn und er wirkt fast wieder verlegen. »Alles gut«, lacht er, »dann kann ich vorher wenigstens noch mal aufräumen!«

Bis wir uns vor dem Eingang des Parks endgültig verabschieden, vergeht noch eine ganze Weile. Als ich Zuhause ankomme, hat Martin mir bereits geschrieben, dass er unser Treffen sehr schön fand. Mir geht es genauso und ich schreibe ihm mit einem breiten Grinsen zurück.

Die darauffolgenden Tage verbringen wir fast ausschließlich zusammen. Mal holt er mich direkt nach der Arbeit ab, um noch gemeinsam draußen sein zu können, mal treffen wir uns bei mir zum Grillen auf dem Balkon. Eine Radtour ins Alte Land haben wir auch schon zusammen unternommen – ab und an brauche ich die Landluft und eine kleine Pause von der Großstadt, um freier atmen zu können. Martin geht es da ähnlich. Vorgestern war ich erst völlig verdutzt, als er mir einen Blumenstrauß vorbeibrachte. Einfach so. Ohne Anlass. Das hat mich ziemlich beeindruckt, und immer, wenn ich jetzt zum Küchentisch herüberschaue und die Blumen sehe, spüre ich, wie glücklich er mich macht. In seiner Gegenwart ist alles so schwerelos. Ich habe nicht das Gefühl, mich besonders hervortun oder anstrengen zu müssen, um ihm zu gefallen. Ihm zu vertrauen ist mühelos. Seine Ausstrahlung und die Art, wie wir miteinander umgehen, machen es mir leicht, mich auf ihn einzulassen, ohne mich im Gedankenchaos zu verheddern.

Ich denke nur sehr selten an die Zeit mit Jan zurück. Ina meint, dass Martin gut zu mir passt. Ich würde auf sie so erholt und glücklich wirken – dabei weiß sie ja, dass ich durch die vielen Aktivitäten in letzter Zeit meistens später als normalerweise ins Bett komme. Aber sie hat recht: Mein Akku lädt Tag für Tag stetig auf, ich laufe auf Hochtouren.

Es ist Sonntagabend, als ich mit Maria telefoniere und wir uns gegenseitig updaten. Natürlich möchte sie dabei alles über Martin wissen.

»Und, wie ist es mit ihm? Sagt man nicht, Franzosen seien besonders gute Liebhaber?«, scherzt sie.

»Was für ein Klischee!«, antworte ich. »Aber ja, der Sex ist sehr schön. Ob das jetzt an seinen französischen Wurzeln liegt? Na ja, wer weiß. Aber ich kann mich bei ihm einfach fallenlassen und hab nicht, wie so oft, diesen bescheuerten Gedanken, dass ich nicht genug bin.«

»Das könnte was Großes zwischen euch werden«, prophezeit Maria. Ihr freudestrahlendes Gesicht kann ich mir dabei ganz genau vorstellen.

»Mal schauen. Ich will ja auch nicht gleich zu euphorisch da herangehen«, gebe ich zurück, doch kaufe es mir selbst nicht ganz ab und gestehe: »Okay, das ist gelogen! Ehrlich gesagt kann ich meine Begeisterung kaum zurückhalten. Aber ich möchte es trotzdem nicht überstürzen.«

»Ist doch gut, wie es bisher läuft. Genieße es erst mal und schau, wie es weitergeht«, rät sie mir.

»Mach ich. So schnell wird er mich jedenfalls erst mal nicht wieder los – was ja auch in seinem Sinne sein sollte.«

Maria und ich verabreden noch, bald einen Termin für ihren nächsten Besuch in Hamburg auszumachen. In den kommenden Wochen sieht es bei uns beiden aber eher schlecht dafür aus, sodass wir uns also wohl noch etwas gedulden müssen.

»Wie war dein Wochenende?«, will Ina wissen, als wir uns am nächsten Morgen an der verabredeten Straßenkreuzung treffen. Mein Statusbericht fällt knapp aus und wir kommen stattdessen auf Inas und Jonas' anstehenden Urlaub auf Bali zu sprechen. Sie fragt nach ein paar Tipps aus meiner Reisezeit dort, und die Erinnerung daran löst sofort ein wohliges Gefühl in mir aus. Ich empfehle ihr, auf jeden Fall eine Yogastunde in Ubud zu besuchen. »Das wird dir gefallen, da bin ich absolut sicher! Wollen wir uns sonst irgendwann abends in den nächsten Tagen mal eure Route anschauen? Ganz in Ruhe, bei einem Wein?«, schlage ich vor. Wir sind inzwischen im Büro angekommen und sogar schon etwas spät dran. »Oh ja, das klingt gut, so machen wir das!«, ruft Ina mir noch hastig zu, bevor sie direkt zu ihrem ersten Termin eilt.

Als sie gerade im Meetingraum verschwunden ist, vibriert mein Handy. »Morgen am Elbstrand treffen und grillen?«, lese ich darauf. Ich halte kurz inne, habe eine Art Déjà-vu; nahezu die gleiche Frage hatte Jan mir vor einiger Zeit gestellt. Ich versuche den Gedanken jedoch sofort loszulassen. Jan und Martin sind so unterschiedlich. Trotzdem kommen ab und zu einige Erinnerungen an die Treffen mit Jan hoch. Im Moment bin ich aber unfassbar glücklich. Ich möchte das gegen nichts – und Martin gegen niemand anderen – eintauschen. Und auch ich bin mittlerweile spät dran. Kurzentschlossen schreibe ich zurück: »Eine schöne Idee, holst du mich dann ab?«

Wir sitzen am schönsten Platz der Welt, als wir am nächsten Abend, gemeinsam in eine Decke gehüllt, auf das Elbufer schauen. Ich liege dabei in Martins Armen und spüre unseren Atem – ich spüre, wie sehr wir schon miteinander verbunden sind, auch wenn mal für einen längeren Moment Schweigen zwischen uns herrscht. Umso überraschender kommt die Frage, die Martin plötzlich in die Stille hineinwirft: »Wie war deine letzte Beziehung eigentlich so?« Ich schlucke. Frühere Beziehungen waren bisher nie ein Thema, und was uns beide angeht, waren wir zuletzt einig, dass es sich zwischen uns gut anfühlt und wir schauen wollen, wohin es geht, ohne uns dabei an einen bestimmten Begriff zu klammern. Ich reiße an, dass ich während der Schulzeit keine richtige Beziehung hatte, und dann im Studium die drei Jahre. Dabei weiche ich aus. Auch wenn es schon eine Weile her ist, kränkt es mich noch. Ich möchte am liebsten nicht darüber sprechen.

»Sorry, ich wollte da nichts aus der Vergangenheit aufwühlen, es hat mich nur interessiert«, rudert Martin zurück und umarmt mich stattdessen noch fester, sodass ich mich innerlich wieder beruhigen kann. »Alles gut«, antworte ich knapp – so ganz stimmt das zwar nicht, aber etwas anderes bekomme ich gerade nicht heraus. Stattdessen lenke ich schnell mit der Gegenfrage nach seiner letzten Beziehung von mir selbst ab, auch wenn ich eigentlich gar nicht so genau wissen will, was in seiner Vergangenheit war.

»Ich bin seit drei Jahren Single. Bisher hat nichts so richtig gepasst – ist aber auch nicht schlimm. Früher hatte ich eher kurze Beziehungen, was Langes ist meistens nicht draus geworden«, führt Martin aus und fügt, etwas verlegen, noch hinzu: »Vielleicht war ich dafür immer zu sehr Freigeist.«

»Und jetzt«, frage ich, »wünschst du dir jetzt eine Beziehung?« Dabei kann ich ihn allerdings nicht direkt ansehen.

Er antwortet: »Gerade wünsche ich mir eigentlich nur, dass es so bleibt wie es ist. Also das Gefühl, das ich habe, wenn wir Zeit zusammen verbringen. Oder ist es für dich wichtig, dass wir dem Ganzen jetzt einen Namen geben?«

Ich überlege. Ist es mir wichtig? Oder möchte ich mich nur nicht mehr erklären müssen, wenn ich nach meinem Beziehungsstatus gefragt werde? Ich fühle mich im Moment sehr wohl. Das zählt. Aber wenn ich ohnehin schon von einem *Uns* ausgehe, dann könnte ich doch auch von einer Beziehung sprechen. Oder? Ich habe Schiss, gestehe ich mir ein – und doch ist meine Antwort an Martin eine andere: »Nein, wir brauchen keinen Namen dafür. Ich genieße es auch so wie es gerade ist«, dehne ich die eben reflektierte Wahrheit und höre mich dann auch noch »vor allem den ehrlichen Umgang zwischen uns« hinterherschieben. Nicht gerade eine Glanzleistung von mir, denke ich. Aber immer noch besser als etwas zu überhasten. Uns läuft ja nichts davon. Als es zu kalt wird, packen wir zusammen und radeln heim. Dabei halten wir uns wie zwei verliebte Teenager an den Händen.

Mittlerweile habe ich mich schon so daran gewöhnt, neben Martin einzuschlafen und aufzuwachen, dass ich regelrecht unruhig schlafe, wenn ich mal eine Nacht allein verbringe. Anfangs war es genau andersherum. Verrückt, wie schnell man sich an etwas gewöhnen kann und es plötzlich nicht mehr missen möchte. »Kaffee ans Bett? Mit Milchschaum?«, flüstert er mir am nächsten Morgen ins Ohr. Ich strecke mich in die Länge. »Nichts lieber als das«, gähne ich noch halb. Das ist einer der Momente, die ich liebe: der gemeinsame Kaffee im Bett. Leider können wir nicht lange verweilen, da ich schon wieder spät zur Arbeit dran bin …

Am Donnerstagabend sitzen wir gemeinsam auf dem Balkon. Auf dem Tisch vor uns stehen eine Wasserkaraffe, eine halbleere Flasche Weißwein und eine Schale mit Erdnüssen. »In der Stadt ist der Sternenhimmel meistens kaum zu sehen«, murmele ich. Martin streicht mir über den Kopf und krault meinen Nacken. Dabei kann ich komplett entspannen und hoffe, dass er damit nicht allzu schnell aufhören wird.

»Wir könnten morgen nach Fehmarn, mit dem Bulli von meinem Bruder«, schießt es plötzlich aus ihm heraus. »Letztes Jahr waren Leon und ich auch schon mal übers Wochenende da; das war voll schön abends am Strand. Was meinst du? Den Bulli bei ihm abzuholen wäre kein wirklicher Umweg.«

»Ganz schön spontan«, antworte ich. »Aber eigentlich spricht nichts dagegen. Ich wollte Samstagmorgen zwar mit Ina zum Yoga, aber sie hat bestimmt Verständnis, wenn daraus nichts wird.«

Martin küsst kurz meine Stirn und zieht sein Handy aus der Tasche, um direkt seinem Bruder zu schreiben. Zwei Minuten später ist offenbar schon alles geklärt und Martin wird am nächsten Tag vorfahren, um den Bus abzuholen. Er freut sich diebisch über diesen kleinen Coup und küsst mich noch einmal. Ich grinse in mich hinein. Seine spontane Art, mit der er mich immer wieder ansteckt, gefällt mir sehr. Sie entfacht dann oft so ein kribbeliges Gefühl in mir – wie ein inneres Feuerwerk.

»Was hast du denn heute alles dabei?«, begrüßt Ina mich am nächsten Morgen im Büro.

»Wir fahren übers Wochenende nach Fehmarn«, erkläre ich. »Hat sich gestern Abend spontan so ergeben. Martin ist heute

Vormittag schon zu seinem Bruder nach Lübeck vorgefahren, der leiht uns seinen Bulli für den Trip – ich fahr direkt nach der Arbeit hinterher. Bist du mir böse, wenn wir unsere Verabredung für Samstag nächste Woche nachholen?«

Ina zieht, wie so oft, eine Augenbraue hoch. »Du ziehst also *allen Ernstes* ein Wochenende auf Fehmarn einer Yogaclass mit anschließendem Kaffeeklatsch vor?«, fragt sie streng.

Wir fangen beide an zu lachen.

»Okay, solange wir es vor meiner Reise noch mal schaffen, akzeptiere ich die Absage«, lacht Ina.

»Du bist so gnädig mit mir«, scherze ich zurück. »Dafür geht der nächste Kaffee auf mich!«

»Nein, ernsthaft, ist doch großartig, dass ihr zusammen wegfahrt! Und habt ihr jetzt eigentlich noch mal über die Beziehungsfrage gesprochen?«

Das innerliche Feuerwerk stockt für einen Sekundenbruchteil. Ich spüre, wie ich gerade auch Ina nur in der Kurzversion hierauf antworten mag. Zu sehr bin ich gedanklich bereits unterwegs nach Fehmarn und möchte jetzt eigentlich nicht schon wieder über dieses Thema nachdenken. »Wir lassen es weiter entspannt angehen«, antworte ich deshalb nur knapp.

Bis zum vorzeitigen Feierabend male ich mir weiter aus, wie unsere erste gemeinsame Reise wohl werden wird, und nach ein paar gegenstandslosen Telefonaten, einigen wie in Trance getippten E-Mails und einer kurzen U-Bahn-Fahrt zum Bahnhof sitze ich auch schon im Zug nach Lübeck. Als Martin dort direkt am Gleis auf mich wartet, freue ich mich so sehr über ihn und wir küssen uns, als hätten wir uns mehrere Wochen lang nicht gesehen. Auf dem Parkplatz führt er mir stolz den Camper vor – ein T3 mit Hochdach. »Mit so einem wollte ich schon immer mal fahren!«, strahle ich ihn an. »Wenn wir direkt losmachen, schaffen wir es vielleicht noch rechtzeitig zum Sonnenuntergang«, antwortet er mit einem breiten Grinsen und schwingt sich in den Bulli. Ich lasse mich neben ihm in den Beifahrersitz mit Holzkugelauflage sinken, werfe meine Tasche nach hinten, und los geht's.

Während der Fahrt reden wir vor allem übers Reisen und über Martins Familie. »Mit dem Bulli sind meine Eltern früher schon herumgefahren und haben so auch die ersten Urlaube mit meinem Bruder gemacht«, erzählt er und deutet nach hinten: »Die kleine Küche hat Leon in den letzten Jahren selbst eingebaut.« Martin erzählt weiter, dass er diesen Sommer mit zwei Freunden eigentlich auch im Camper durch Frankreich touren wollte. Leon habe ihm aber davon abgeraten, mit dem alten Bulli noch so lange Strecken zu fahren. Deshalb planen die drei nun eine Woche Biarritz, das Surfmekka Frankreichs, und danach will er mit einem Mietwagen weiter in die Normandie zu seinem Vater, mit dem gemeinsame ausgedehnte Wandertouren geplant sind.

Ich berichte von den praktisch nicht vorhandenen Fortschritten bei meiner Jobsuche – der Grund, warum die Urlaubsplanung bei mir in diesem Sommer leider ausfallen wird. Während ich noch dem Gedanken nachhänge, überqueren wir die Fehmarnsundbrücke. Im Fahrtwind wirbeln unsere Haare wild durcheinander und ich genieße den Blick auf die Ostsee und den Gedanken, dass das Festland nun hinter uns liegt. Nach einer halbstündigen Fahrt über die Insel erreichen wir unser Ziel: einen Campingplatz ohne viel Chichi, aber dafür direkt am Meer. Martin parkt nur schnell den Bus ein, wir schnappen uns den Wein und eine Decke. »Los, schnell!«, rufe ich ihm zu, und wir zwei rennen barfuß zum Strand hinüber. Den Sonnenuntergang erwischen wir noch.

In unsere Decke gehüllt bleiben wir weiter sitzen. Der sich abzeichnende Sternenhimmel ist noch schöner als ich es mir vorgestellt hatte. Sternschnuppen blitzen immer wieder auf. Ich habe dabei nur einen Wunsch: Ich möchte diesen Moment festhalten. Dankbar schließe ich die Augen und lehne mich an Martins Schulter an.

Der Kaffeeduft vom Zweiplattengasherd strömt am nächsten Morgen sanft in meine Nase. Ich räkle mich.
»Ist es schon spät?«
»Acht Uhr«, antwortet Martin und klingt dabei schon hellwach. »Kein Grund zur Sorge, der Tag liegt noch vor uns und der Himmel ist strahlend blau. Bestens, um die SUPs auszutesten! Aber wie wär's erst mal mit einem frisch gebrühten Kaffee?«, grinst er mich an und gibt mir einen Kuss.
Das Marmeladenbrot schmeckt hier vor dem Camper am Klapptisch doppelt so gut wie zuhause auf dem Balkon. Es riecht nach Freiheit, und auch wenn ich den Möwen in Hamburg meist nur wenig abgewinnen kann, hat ihr Gekreische hier sogar etwas fast Harmonisches. Ich habe wahnsinnig gut geschlafen und fühle mich voller Elan für diesen Tag.
»Jetzt kommt die schlechte Nachricht«, kündigt Martin an. »Ich war drüben bei den Duschen: Das Wasser ist kalt. Also so wie du es am liebsten magst!« Dabei boxt er mich liebevoll in die Seite. – »Okay, heute mache ich eine Ausnahme, da nehme ich auch die kalte Dusche«, antworte ich – noch optimistisch. Doch die Dusche ist wirklich arschkalt. Martin hat nicht übertrieben.
Als ich zum Camper zurückkomme, hat er bereits die Stand-up-Paddles vorbereitet. Der Weg zum Strand ist zwar nicht weit, aber das Board ist schwerer als ich erwartet hätte; vielleicht wäre es doch besser gewesen, es erst am Strand aufzupumpen … Auf dem Wasser ist Martin deutlich geübter als ich. Die Wellen machen es mir schwer, das Gleichgewicht zu halten. Während er aufrecht auf dem Board paddelt, ziehe ich es daher vor, mich im Sitzen treiben zu lassen. Schließlich machen wir unsere Bretter zusammen an einer Boje fest. Wir genießen

es, uns einfach so vom Wasser hin und her bewegen zu lassen ohne dabei abzutreiben. Ich schließe die Augen und male mir eine gemeinsame Zukunft mit Martin aus. Seine Hand berührt mich sanft. Das Plätschern der Wellen könnte ewig so weitergehen.

Abends genießen wir am Strand wieder den Sternenhimmel. Martin streicht über meine Arme und ich küsse sanft seine Ohren, was er besonders mag. Wir unterhalten uns über seinen anstehenden Urlaub und seine und meine Zukunftspläne. Er ist zuversichtlich, nach dem Studium in Hamburg bleiben zu können, und auch ich bin überzeugt, dort bald den richtigen Job für mich zu finden. Notfalls werde ich eben noch eine Weile ausharren müssen, bis sich etwas ergibt.

Den Rückweg zum Campingplatz tänzeln wir mehr als ihn zu gehen. Ich kann mich dabei kaum am Sternenhimmel und der unendlichen Weite sattsehen. Aus dem kleinen Inselkiosk schallt Musik zu uns herüber; der Song ist zwar nicht eindeutig zu erkennen, trotzdem rundet er diesen Moment ab und macht ihn zu einem ganz besonderen. Für mich ist es der perfekte Abschluss für unseren letzten Abend hier.

Vor dem Bulli versuche ich, den Sand von meinen Beinen und zwischen den Zehen zu entfernen. Es gelingt nicht ganz. Wahrscheinlich werden mir in den nächsten Tagen immer wieder ein paar feine Körner begegnen und mich an unsere gemeinsame Zeit hier erinnern. Als wir später am Abend miteinander schlafen, scheuert der übriggebliebene Sand immer wieder zwischen unseren warmen Körpern, aber dafür kann ich draußen das Rauschen des Meeres hören. Trotzdem ist der Sex im Bulli recht unbequem und ich frage mich, ob die anderen Camper uns vielleicht hören können. Es fällt mir deshalb zuerst schwer, mich zu entspannen. Ich sage mir dann aber, dass mir wahrscheinlich keiner dieser Menschen jemals wieder über den Weg laufen wird. So kann ich mich dann doch noch meinen Gefühlen hingeben und wir genießen es. Genießen uns.

Fast wehmütig drehe ich mich noch einmal um, als wir am nächsten Morgen für ein letztes Mal den Strand in Richtung Bulli verlassen, um uns auf den Heimweg zu machen. Ich hoffe, dass ich bald wieder herkommen kann – mit Martin.

Auf der Fahrt nach Lübeck nicke ich immer wieder ein. Der Besuch bei Leon und Jule fällt, wie erwartet, kurz aus; wir wollen gleich den nächsten Zug nach Hamburg erwischen. Beide scheinen aber echt nett zu sein und ich hätte nichts dagegen, sie bei Gelegenheit mal wiederzusehen.

Bald ist es soweit und Martins Trip nach Biarritz steht an. Ich habe mich inzwischen so sehr daran gewöhnt, den Großteil meiner Zeit mit ihm zu verbringen, dass ich ihn jetzt schon vermisse, obwohl er gerade noch ganz nah bei mir ist. Den Abend vor seiner Abreise verbringen wir bei mir und kochen gemeinsam. Martin wirkt heute etwas abwesend und verabschiedet sich nach dem Essen zügig, weil er noch packen muss. Von zuhause aus ruft er jedoch später am Abend noch einmal an und sagt, dass er mich während des Urlaubs sehr vermissen wird; ich solle die nächsten beiden Wochen gut auf mich aufpassen und wir würden regelmäßig telefonieren.

Als wir beide aufgelegt haben, halte ich das Handy noch eine Weile in der Hand und starre stumm darauf. Es sind nur zwei Wochen, sage ich zu mir selbst und habe das Gefühl, dass sich die Zeit dennoch wie Kaugummi ziehen wird. Ich weiß zwar, dass das Blödsinn ist und ich die Gelegenheit einfach nutzen sollte, um wieder mehr Yoga zu machen oder mich mit der Jobsuche zu beschäftigen. Trotzdem kann ich diese Leere, die sich plötzlich in mir breitmacht, nicht ignorieren. Ungefragt liegt sie anstelle von Martin neben mir im Bett – und obwohl ich mit aller Kraft versuche, sie loszuwerden, bin ich anscheinend nicht stark genug dafür. Weiter und weiter füllt sie das Schlafzimmer aus, füllt die Nacht aus. Füllt mich aus.

BAUCHGEFÜHL

Ich ziehe meinen Kopf unter dem großen Kissen hervor. Dabei laufen mir Tränen übers Gesicht. Es gibt eigentlich keinen Anlass zum Heulen, aber Martin fehlt mir so sehr. In den vergangenen Wochen habe ich die Schulter zum Anlehnen wirklich genossen. Die letzten Tage über wusste ich jedoch kaum etwas mit mir anzufangen. Könnte das ein Anzeichen dafür sein, dass wir zu viel Zeit miteinander verbracht haben? Hat sich vielleicht sogar eine toxische Beziehung daraus entwickelt, ohne dass ich es gemerkt habe? Mein Bauch signalisiert nichts Gutes. Dabei besteht kein Grund zur Sorge. Ich vermisse Martin lediglich. Normal, wenn man verliebt ist. Es ist das erste Mal, dass ich mir ernsthaft eingestehe, verliebt in ihn zu sein. Eigentlich sollte ich mich darüber freuen, aber dieses ungute Gefühl in meinem Magen lässt mir einfach keine Ruhe. Jegliche Ablenkungsversuche – sei es Yoga oder der Weinabend mit Ina – sind bisher gescheitert. Immer wieder komme ich bei dieser Empfindung an, die sich in mir breitgemacht hat.

Dabei ist der Kontakt mit Martin während seines Urlaubs gut. In den ersten Tagen haben wir unzählige Nachrichten geschrieben, danach ebbte es etwas ab. Aber auch das halte ich für völlig normal. Wahrscheinlich ist er tagsüber unterwegs und sitzt abends noch mit den anderen zusammen oder ist zu müde. Ich kenne das von mir selbst – außerdem ist es ja auch schön, wenn man nach einer Reise noch etwas davon zu erzählen und eben nicht schon alles im Vorfeld ausgetauscht hat. Und trotzdem bin ich unzufrieden mit der Situation. Was ist los mit mir? *Warum* kann ich nicht cool sein und mich einfach darauf freuen, dass wir uns bald wieder in den Armen liegen werden?

In der folgenden Nacht schlafe ich erneut unruhig und werde immer wieder wach, sodass auch der nächste Tag eigentlich schon zum Scheitern verurteilt ist. Einziges Highlight: Meine Tiefkühlpizza ›Yoga Namasté‹ für den Abend. Auch wenn sie wohl kaum gesünder als jede andere Pizza sein wird, hoffe ich auf eine magische Wirkung zur Lösung meiner Anspannung und freue mich sogar schon darauf, während ich noch lustlos meine Zeit bei der Arbeit absitze.

Als ich nach Hause komme, fische ich zwischen der Werbung und meiner Gehaltsabrechnung eine unerwartete Idylle aus weißen Kalkfelsen im Postkartenformat aus dem Briefkasten. Ich staune allerdings nicht schlecht, denn Urlaubsgrüße lese ich darauf nicht. Stattdessen beginnen die kleinen gekrakelten Buchstaben zu tänzeln, der Text verschwimmt und mir wird plötzlich schwarz vor Augen, als ich die Versatzstücke, die ich lese, zu verstehen beginne: »… ich habe über unsere gemeinsame Zeit nachgedacht … kann mich gerade nicht binden …« – Ich muss mich an der Wand im Treppenhaus abstützen, um nicht das Gleichgewicht zu verlieren. – »… es tut mir leid, dass ich diesen feigen Weg wähle … dir dabei nicht in die Augen schauen kann …« Ich versuche tief ein- und wieder auszuatmen, um mich zu sammeln. Es gelingt nicht. Vielmehr verschwimmt alles noch weiter. Es ist also vorbei? Einfach so?

Nach ein paar Minuten schaffe ich mit schlotternden Knien den Weg nach oben. In meiner Wohnung angekommen, lese ich die Karte immer und immer wieder. Ich greife zum Handy und versuche Martin zu erreichen. Er nimmt nicht ab. Ich versuche es noch einige Male und gebe es dann auf. »Bitte ruf mich zurück, wenn du das hörst, ja?«, spreche ich auf die Mailbox. Stattdessen wähle ich unter Tränen Marias Nummer, um ihr zu erzählen, was gerade passiert ist. Aber selbst nachdem wir schon über eine Stunde telefoniert haben, kann ich mich immer noch nicht beruhigen.

»Ich begreif das einfach nicht, Maria! Ich war mir so sicher, dass das zwischen uns was Großes werden könnte. Ich meine, wir haben uns doch in den letzten Wochen eine echt offene und ehrliche Basis aufgebaut – das kann gerade alles nicht wahr sein«, schluchze ich.

»Das kannst du auch nicht verstehen. Ich bin mir sicher, er meldet sich bald und dann redet ihr in Ruhe. Spätestens wenn Martin wieder in Hamburg ist. Soll ich sonst übermorgen vorbeikommen? Wir könnten uns beide freinehmen und ich lenk dich, soweit es geht, ab.«

»Das würdest du?«

»Klar!«

»Danke, das ist echt lieb von dir! Ja, lass uns das machen – ich hoffe nur, es wird dann nicht zu anstrengend mit mir.«

»Mach dir deswegen mal keinen Kopf, dafür bin ich ja da.«

Nach dem Gespräch fühle ich mich ein wenig besser. Ich schaue noch einmal auf dem Handy nach – doch keine Nachricht und auch kein Anruf von ihm. Ich beginne, alles, was in den letzten Wochen gewesen ist, zu hinterfragen. Habe ich vielleicht einen entscheidenden Wendepunkt verpasst? Ich finde nichts. Zwischen uns war es einzigartig gewesen – jedenfalls dachte ich das. Aber solche Gedanken hat man, wenn man verliebt ist, wohl immer. Bei Martin habe ich mich besonders gefühlt, er hat mich, meine Wünsche und Sorgen verstanden. Und ich seine. Dachte ich jedenfalls.

Wut steigt in mir auf. Wahrscheinlich war ich für ihn doch nur eine von vielen. Wie konnte ich mich nur so in ihm täuschen? Ich blicke noch einmal auf das Handy. Nichts. Am liebsten würde ich das Ding aus dem Fenster werfen! Wenigstens müsste ich die Leere auf dem Display dann nicht mehr ertragen. Meine Wut wird größer. Bin ich blind in meiner Verliebtheit gewesen? Habe ich Martin völlig falsch eingeschätzt? – Fragen, auf die ich keine Antwort finde.

Am nächsten Tag melde ich mich bei der Arbeit krank. Vom vielen Heulen habe ich Kopfschmerzen; das aufgequollene Gesicht im Spiegel scheint gar nicht zu mir zu gehören. Aber ist er es wert, dass ich mich jetzt so hängenlasse, frage ich mich. Wahrscheinlich nicht. Trotzdem wird es wohl noch eine Weile dauern, bis ich mich wieder gefangen habe ... Vielleicht macht es den Kopf freier, ein bisschen spazieren zu gehen. Das Schreien der Möwen hat, anders als auf Fehmarn, hier und heute jedoch so gar nichts Harmonisches, denke ich dabei. Es klingt blechern und aggressiv, und trotzdem nehme ich es nur wie durch Watte hindurch wahr, so als wäre ich ein stückweit von der Außenwelt abgeschnitten.

Innerlich bin ich durchgefroren, als ich wieder zuhause ankomme. Dafür fühle ich mich etwas klarer in meiner Sichtweise. Ich greife nach Stift und Block und beschließe, einen Brief an Martin zu schreiben. Erst kritzele ich nur einigermaßen ziellos auf dem Papier herum, doch dann beginnen sich meine Gedanken langsam zu sortieren. Ich versuche diese Schwerelosigkeit und Geborgenheit, die ich mit ihm hatte, in meinen Worten wiederzugeben – und auch meine aktuelle Gefühlslage, die Leere, Wut und Traurigkeit. Immer wieder streiche ich Sätze durch, denke länger darüber nach und schreibe sie schließlich doch wieder auf. Ob ich den Brief abschicken werde? Keine Ahnung ... Haben wir einander gesagt, was Liebe für uns ausmacht? Vielleicht in Ansätzen, aber so richtig nicht. Letztlich war es ja auch erst der Anfang einer Verliebtheit, sage ich mir; für echte Liebe ist es wohl noch zu früh gewesen. *Warum tut Liebe, tut Verliebtheit so weh?* Oder ist es eher der Stich des Alleinseins, der den Schmerz ausmacht? Ich schlucke und möchte nicht wieder weinen.

Was war Martin für ein Typ? Habe ich so schnell sein Interesse verloren, weil ich ihm zu sicher war? Hatte er Bindungsangst, weil er eine Vertrautheit wie die, die wir hatten, aus der Vergangenheit nicht kannte? Oder hat er vielleicht befürchtet, nicht stark genug für eine Beziehung zu sein? Hatte er Angst, selbst verletzt werden zu können? Der Gedankenkreisel wird langsamer. Vieles habe ich mir bereits von der Seele geschrieben. Das befreit und lässt Stück für Stück innere Ruhe zu. Ich bin halbwegs erleichtert.

Müde lege ich mein Schreibzeug zur Seite und ziehe noch einmal die Karte von Martin hervor, die ich unter einen Bücherstapel geschoben hatte, um nicht ständig draufschauen zu müssen. Ich drehe sie von rechts nach links und von links nach rechts, lese dabei immer wieder den Text, obwohl ich ihn längst auswendig kenne. Das Motiv auf der Vorderseite strahlt Ruhe und Kraft zugleich aus und will so gar nicht zu dem vernichtenden Inhalt der Karte passen. Andererseits, wenn ich genauer darüber nachdenke, brechen auch immer wieder kleine und größere Teile vom Fels ab und verschwinden unscheinbar im weiten Meer. Nichts ist also so wie es scheint und alles ständig im Wandel – manchmal auch unbemerkt und kaum sichtbar.

Ich zucke hoch. Hat mein Handy gerade vibriert? Schnell nehme ich es in die Hand, doch: Nein, keine Nachricht von ihm. Die Karte lasse ich wieder unter dem Bücherstapel verschwinden. Ich ertrage ihren Anblick nicht weiter. Echt bescheuert, denke ich: Erst serviert mich der eine Typ per Kurznachricht ab, und jetzt der andere mit einer Postkarte! Dabei ist das mit Martin aber etwas ganz anderes gewesen als die Episode mit Jan. Intensiver, größer. Ich spüre, dass es mehr war als nur eine Sommerliebe. Insofern sehe ich, auch wenn beide auf die gleiche mutlose Art Schluss gemacht haben, eigentlich kaum Parallelen zwischen ihnen. Wahrscheinlich ist das mittlerweile so üblich in unserer schnelllebigen und digitalisierten Welt, denke ich. Aber sind denn wirklich alle so abgestumpft, dass sich Gefühle einfach per Tastendruck weglöschen lassen?

Mir fällt ein, was ich mir nach dem Ende mit Jan gewünscht hatte: Ich wollte mich verlieben. Ich wollte eine ehrliche, beidseitige Zuneigung spüren. Dieses Projekt ist wohl gescheitert, gestehe ich mir ein. Doch so beschissen es mir jetzt auch gehen mag – für irgendetwas wird es gut sein, versuche ich mir im nächsten Moment wieder Mut zu machen; vielleicht hat mich dieses Ende ja sogar vor noch größerem Schmerz bewahrt ...

Am nächsten Tag kommt Maria zu Besuch. Sie schafft es tatsächlich, mich mit ihrer witzigen Art abzulenken. Zu schade, dass sie nicht für ein paar Tage bleiben kann. Während wir noch durch Ottensen spazieren, bevor es auch schon wieder langsam Zeit wird für ihre Heimreise, vibriert mein Handy – es ist eine Nachricht von Martin.

»Was schreibt er denn?«, fragt Maria neugierig. Ich starre einen Moment lang auf den Bildschirm, ohne die Nachricht zu öffnen.

»Ich lese sie später«, antworte ich.

»Nein! Später bin ich im Zug – jetzt kann ich dir noch zur Seite stehen.«

Ich zögere, öffne widerwillig die Nachricht und gebe wieder, was ich lese: »Er schreibt noch mal, dass es ihm leidtut und dass er weiß, dass seine Art und Weise daneben war. Trotzdem kann er gerade noch nicht mit mir sprechen. Aber in ein paar Wochen ist er dazu sicher in der Lage.«

»Was ein Feigling! Oh Mann, Lena, da hast du aber wirklich was Besseres verdient!«

Maria nimmt mich in den Arm. Die aufsteigenden Tränen versuche ich dabei zu unterdrücken, wische sie mit dem Handrücken weg. »Hast du noch Lust auf einen Kaffee, bevor ich dich zum Zug bringe?«, bekomme ich mit einiger Mühe hervor, ohne ins Schluchzen zu geraten. Beim nächsten Café, das unseren Weg kreuzt, machen wir Halt. Maria tröstet mich und hat Mitleid mit mir. Dennoch versucht sie mir klarzumachen, dass ich – wenn auch nicht jetzt sofort – nach vorne schauen muss. Es fällt mir schwer, aber ich stimme ihr zu. Als ich sie am Bahnhof verabschiede, fühle ich eine tiefe Dankbarkeit. Auch wenn ich es am Morgen nicht für möglich gehalten hätte, haben wir zwischendurch sogar lachen können. Alte Geschichten sind da doch immer eine sichere Bank. Zum Abschied umarmen wir uns und aus dem Zug winkt Maria mir noch einmal zu und formt mit ihren Händen ein Herz in meine Richtung.

Ich muss meine Augen für einen Moment zukneifen, um auf das Tageslicht klarzukommen, als ich die Vorhänge im Schlafzimmer zur Seite ziehe und dabei direkt von der Sonne geblendet werde. Noch nicht ganz wach reibe ich mir mit den Händen durchs Gesicht und strecke mich dann. Mein Magen gibt ein lautes Knurren von sich. Dabei fällt mir ein, dass heute Markttag ist – und vorher, denke ich, kann ich ja noch einen Kaffeestopp mit Croissant einlegen. Beim Blick in den Spiegel entscheide ich mich für die Sonnenbrille. Zwar sind meine Augen nicht mehr ganz so aufgequollen, aber das viele Weinen vom Vortag sieht man mir trotzdem noch deutlich an.

An der beliebten Kaffeebar ist um diese Uhrzeit noch keine so lange Schlange wie im Normalfall, nur ein paar Leute warten vor mir. Ich frage mich, noch etwas schläfrig und in Gedanken versunken, ob der Hype um den kleinen Laden nicht manchmal ein bisschen übertrieben ist. Vorn schlägt die Tür auf und ein Mann trägt seinen dampfenden Kaffeebecher aus dem Geschäft. Während er so an den vor mir Wartenden entlangschreitet, erkenne ich ihn plötzlich: Es ist Jan. Vielleicht etwas zu ruckartig drehe ich mich zur Seite. Er geht vorbei, hält jedoch dicht hinter mir inne und tippt mir schließlich von hinten auf die Schulter. »Lena, lange nicht gesehen! Ich hab dich fast nicht erkannt mit der Brille.« Ich fahre herum, als hätte ich ihn bisher noch nicht bemerkt. Mehr als »Hey, Jan« bekomme ich aber nicht heraus – darauf war ich heute absolut nicht vorbereitet. Bis eben hatte ich sogar noch ein ganz gutes Gefühl für diesen Tag gehabt. Ein Tag ohne Tränen und Groll sollte es werden. Allerdings, wenn ich Jan so anschaue, kann ich auch nicht leugnen, dass ihm die inzwischen etwas längeren Haare ziemlich gut stehen. Wieder berührt er meine Schulter, diesmal mit einer einladenden Geste. »Wenn du magst und kurz Zeit hast, setz dich doch gern zu mir. So ein herrlicher Morgen, oder? – Aber wenn du weitermusst, ich halte dich nicht auf«, lächelt er. Seine Worte klingen ehrlich. Ich sage nichts. Vor mir schlägt wieder die Ladentür auf; ich bin an der Reihe.

Während ich im Geschäft auf meinen Kaffee warte, hadere ich mit mir und bin froh, dass heute ausgerechnet der Typ hinterm Tresen steht, der immer ein bisschen länger braucht. Mit meinem Becher in der Hand stehe ich schließlich jedoch wieder auf dem kleinen Platz vor dem Laden und habe immer noch keine Entscheidung getroffen. Ohne zu wissen warum, gehe ich herüber zu Jan. »Ich hätte nicht gedacht, dass du wirklich zu mir kommst«, begrüßt er mich mit leicht zusammengekniffenen Augen, geblendet von der Sonne in meinem Rücken, als er zu mir heraufschaut. Ich nehme neben ihm Platz und höre mich kühl antworten: »Eben beim Warten hab ich genau darüber nachgedacht – und ich kann dir auch nicht sagen, warum ich mich jetzt zu dir setze, um mir den Morgen versauen zu lassen.«

Er schaut mich länger an. So, dass es mir fast etwas unangenehm wird. Dann holt er tief Luft und sagt: »Lena, es tut mir leid, wirklich. Ich war ... *ich bin* ein Idiot.« – Ich bin etwas verwundert über diese plötzliche Entschuldigung, obwohl sie ernstgemeint wirkt. »Das soll ich dir abnehmen?«, fahre ich ihn dennoch gereizt an. »Gib mir bitte eine Chance«, antwortet er nach einem kurzen Zögern und versucht meine Wut zu besänftigen, indem er dabei seine Hand auf mein Knie legt. Ich schiebe sie weg – der hat Nerven, denke ich. Kurz überlege ich, ihm zu erzählen, dass es mir gerade ziemlich beschissen geht, doch ich lasse es bleiben. Was geht ihn Martin an?

Nach einem ausgedehnten Schweigen nehme ich stattdessen meine Sonnenbrille ab und schaue Jan direkt in die Augen.

»Kann ich dich was fragen?«

»Klar, gerade raus. Du kannst mir auch direkt an die Gurgel gehen, wenn dir danach ist«, antwortet er.

»Sicher?«

Er weicht etwas zurück und ist sich wohl unsicher, wie weit ich tatsächlich gehen würde.

»Was wolltest du fragen?«, bohrt er nach.

»Wie kommt es eigentlich, dass heutzutage alles am liebsten per Smartphone geregelt wird und niemand mehr dem anderen die Wahrheit direkt ins Gesicht sagen kann?«, schießt es aus mir heraus.

Jan überlegt: »Hm. Also, ich kann da nur für mich sprechen. Ich bin zu feige gewesen, dich anzurufen oder dir direkt zu sagen, was Phase ist. Aber ich habe mir auch geschworen, nie wieder so mit einer Frau umzugehen.«

Ich weiß nicht genau, was ich mit der Antwort anfangen soll, aber ich versuche ihm zu glauben. Mein Becher ist mittlerweile leer. »Mach's gut, Jan. Ich muss jetzt los.« – Bevor ich aufstehen kann, greift er nach meiner Hand; seine plötzliche Bewegung hat etwas sehr Entschlossenes und etwas unerwartet Zartes zugleich. Als er sich dabei zu mir herüberbeugt, fällt mir der angenehme Duft seiner Haare auf. »Ich schäme mich dafür, wie es zwischen uns gelaufen ist«, sagt er und schaut mir dabei tief in die Augen, sodass ich diesmal ganz klar erkennen kann, dass es ihm ernst ist. Ich erwidere ein wortloses Nicken. Jan zögert kurz und lässt meine Hand dann wieder los, sodass ich mich aufrichten kann. »Vielleicht«, sagt er, »hört sich das jetzt blöd an, aber falls du in nächster Zeit mal Lust hast auf Gesellschaft, was kochen oder trinken oder so – ich würde mich freuen.« Dass er das einfach so sagen kann, verblüfft mich zugegebenermaßen. Trotzdem gebe ich mir Mühe, ehrlich und gefasst zu reagieren.

»Ich glaube dir«, beginne ich meine Antwort, »dass du es wirklich nett meinst. Aber ich weiß echt nicht, ob ich zurzeit in der Stimmung dafür bin.«

»Versteh ich«, antwortet er knapp. Ich reiche ihm zum Abschied noch einmal die Hand. Er nimmt sie und wünscht mir dabei alles Gute. »Pass auf dich auf«, ergänzt er, als ich schon im Begriff bin zu gehen bin. Er winkt noch einmal, dann drehe ich ihm den Rücken zu und folge der Straße zum Markt. Der Geruch seiner Haare verfolgt mich dabei und bleibt für den Rest des Tages in meiner Nase.

Das Treffen mit Jan lässt mich auch am kommenden Tag nicht los. Es kam völlig unerwartet und ich war zurecht erst ziemlich wütend. Dennoch denke ich ernsthaft darüber nach, seine Einladung anzunehmen – nicht heute oder morgen, aber vielleicht irgendwann in den nächsten Tagen. Seine Nummer habe ich jedenfalls noch …

Was mich dazu treibt? Ich weiß es nicht. Nur muss ich dabei diesmal besser auf mich achten, ermahne ich mich selbst. Einen Ersatz für Martin suche ich definitiv nicht, doch die Aussicht auf ein bisschen Ablenkung reizt mich schon. Natürlich spielt dabei auch die Flucht vor der Einsamkeit, die ich gerade fühle, eine Rolle. Trotzdem – oder gerade deswegen – spüre ich, wie es mich zu einem möglichen Treffen mit Jan hinzieht.

JOBWECHSEL

Lustlos rühre ich den Honig in meinem Ingwertee um. Abends ist es mittlerweile zu kalt, um auf dem Balkon zu sitzen. Da mir gerade aber meistens sowieso danach ist, die Vorhänge zuzuziehen und mich zu verkriechen, soll mir das recht sein. Hin und wieder – und diese Woche eher öfter – schreibe ich mit Jan. Seine Nachrichten haben großes Schmeichelpotenzial, weshalb ich den Kontakt langsam wieder zulasse. Während der letzten Tage habe ich auch viel mit Maria telefoniert. Sie meint, Ablenkung könnte mir momentan nicht schaden – solange keine Gefühle mitspielen würden. Ich bin mir allerdings unsicher, was gerade gut für mich ist und was nicht. Ina rät mir hingegen, Jan auf Distanz zu halten und mich auf Yoga und den Neustart im Job zu fokussieren. Wahrscheinlich hat sie recht. Seit Wochen spreche ich davon, aber verändert habe ich noch nichts.

Die Zeit mit Martin beschäftigt mich immer noch oft. Gestern habe ich beim Gedanken an das ausstehende Gespräch zwischen uns voller Wut und Schmerz die Postkarte zerrissen. Reden? Kommt für mich nicht mehr infrage. Ich habe mich dazu entschlossen, es so zu sehen, dass er die volle Euphorie unserer Verliebtheit genossen hat, aber nicht in einer Beziehung ankommen wollte. Vielleicht war er einfach nicht dazu bereit, die Kontrolle abzugeben und echte Gefühle zuzulassen. Wahrscheinlich kann und will er nicht lieben – ähnlich wie Jan. Ich versuche mich aber nicht zu sehr in solche Gedanken zu verstricken. Immerhin bin ich für Martin offenbar auch nicht die Richtige gewesen, das muss ich akzeptieren – und meine Hypothesen können mir am Ende des Tages auch nicht den Kummer und das latente Gefühl der Ablehnung nehmen.

Morgen Abend bin ich nun tatsächlich mit Jan verabredet. Mein Bauchgefühl äußert sich nicht so richtig zu dieser Entscheidung. Aber das ist okay. Auch wenn unser Geschreibe in den letzten Tagen noch einmal stark zugenommen hat, ist es anders als vor ein paar Monaten. Ich weiß, woran ich bin und dass ich es – was auch immer sich daraus entwickelt – nicht zur Routine werden lassen sollte. Jan und ich könnten noch einmal eine gute aber endliche Zeit miteinander haben. Dabei mache ich mir nichts vor: Zwischen uns besteht eben keine wirkliche emotionale Verbindung. Und die, sage ich laut zu mir selbst, während ich am Ingwertee nippe, wird auch niemals da sein. Jan hat einfach nur Schiss vor der Liebe. Davor, sein Herz zu öffnen. Das weiß ich ja bereits. Und was ist mit mir? Herzöffner beim Yoga, das kann ich – und es mir in der Liebe brechen lassen!

Bei diesem Gedanken kommen mir die Tränen. Es braucht einfach Zeit. Ich muss noch verarbeiten, dass Martin uns nicht die Chance gegeben hat, miteinander zu wachsen. Die Zeit sollte ich mir nehmen, daran kann auch die Ablenkung durch Jan nichts ändern. So gern würde ich einfach meine innere Festplatte löschen und danach den neuen Ordner ›Liebe‹ anlegen, der noch völlig unberührt ist und darauf wartet, mit Inhalten gefüllt zu werden …

Draußen wird es mehr und mehr Herbst. Der Sommer war turbulent für mich. Hoffentlich bringt mir die neue Jahreszeit mehr innere Ruhe. So richtig glaube ich allerdings nicht daran. Ich spüre, dass die Stadt noch die eine oder andere Überraschung für mich bereithält. Ich trete in die Pedale, um gegen den Wind anzukommen. Verfärbte Blätter wirbeln dabei durch die Luft. Es ist die erste gemeinsame Yoga-Session nach Inas Urlaub und ich freue mich darauf, sie an diesem Samstagmorgen mal wieder außerhalb des Büros zu Gesicht zu bekommen.

Wie am Ende jeder Stunde führen wir auch heute unsere Hände in Gebetshaltung zur Stirn, wofür die Yoga-Lehrerin stets die Worte »Für klare und wahre Gedanken« benutzt. Allerdings habe ich damit noch nie so sehr gehadert wie in den vergangenen Wochen. Gedanken habe ich viele – aber klar ist nichts davon. Nimm dir Zeit, versuche ich mir selbst innerlich Mut zuzusprechen, um bald deutlicher sehen und erkennen zu können.

Nach der Stunde sitzen Ina und ich im Café gegenüber und Ina berichtet ausführlich vom Urlaub und zeigt mir dazu das eine oder andere Foto auf ihrem Handy. »Ach, wie schön, in dem Studio war ich auch!«, werfe ich gerade noch halb kauend ein, als sie zum nächsten Bild wischt. »Sag mal, jetzt habe ich so viel von mir erzählt«, kündigt Ina dann den zu erwartenden Themenwechsel an, »aber was war denn jetzt bei dir genau los? Ich wollte es die Woche über im Office nicht ansprechen; wenn ich das richtig sehe, macht es dir immer noch ziemlich zu schaffen, oder?« Während sie das fragt, legt sie mir vorsichtig die Hand auf den Arm. Mit leicht brüchiger Stimme erzähle ich die ganze Story, die sie bisher ja nur grob zusammengefasst aus der Sprachnachricht kennt, die ich ihr völlig aufgelöst geschickt hatte, als sie noch auf Bali war. Ina nimmt mich in den Arm. Mir kommen nun doch die Tränen, obwohl ich bis hierhin eigentlich versucht hatte, sie wegzudrücken. »Wir machen jetzt wieder öfter zusammen Yoga, oder?«, versuche ich das Thema mit Martin abzuschließen und löse mich von ihr. »Definitiv, du motivierst mich!«, gibt Ina zurück. Ihr Urlaubsteint lässt sie dabei auch von innen heraus strahlen und spendet mir ebenfalls für einen kurzen Augenblick ganz viel Wärme.

Zuhause stelle ich die Yogamatte zur Seite und scrolle mich durchs Netz. Per Zufall stoße ich dabei auf eine witzige Story von einem Start-up-Unternehmen, das fair produzierte Softdrinks vermarktet und gerade nach Unterstützung für seine Öffentlichkeitsarbeit sucht. Mein Interesse ist geweckt und ich beginne, alles, was sich über das Unternehmen herausfinden lässt, durchzuarbeiten. Dabei beeindruckt mich besonders, dass ›nachhaltig und fair‹ anscheinend nicht nur als cooles Label benutzt wird und direkter Herstellerkontakt und regelmäßige Besuche der Produktionsstätten dort Standard sind.

»Das ist es«, denke ich und beginne direkt an einer Bewerbung zu basteln. Ich überlege nicht lange und schicke alles sofort per Mail ab, nachdem ich den letzten Satz beendet habe. Elektrisiert klappe ich den Laptop zu und nehme stattdessen das Handy zur Hand, um nochmals die Social-Media-Kanäle des Start-ups zu durchstöbern. Plötzlich erscheint auf dem Display eine Nummer als eingehender Anruf, die ich nicht kenne. »Martin?«, schießt es mir durch den Kopf. Ich habe seine Nummer zwar gelöscht, um nicht in Versuchung zu geraten, ihn zu kontaktieren, dennoch weiß ich die ersten Ziffern auswendig. Die haben aber nichts mit dem unbekannten Anrufer zu tun; ich nehme ab.

»Hallo Lena, hier ist Marc«, stellt sich eine Männerstimme am anderen Ende vor.

»Eh, hallo?«, entgegne ich etwas irritiert.

»Ich hab gerade deine Bewerbung gesehen und die hat mir so gut gefallen, dass ich mir dachte, ich melde mich direkt mal bei dir. Passt es dir gerade? – Falls nicht, können wir sonst auch gern einen Termin für ein Gespräch ausmachen.«

Damit habe ich absolut nicht gerechnet. Ich muss mich kurz gedanklich sortieren. Aber natürlich habe ich nichts gegen den spontanen Call einzuwenden. Marc klingt ausgesprochen nett und wir quatschen ganz ungezwungen miteinander. Jede weitere Minute des Gesprächs bestärkt mich darin, dass es sehr gut passen könnte. »Wenn du ganz spontan bist, komm doch Montag einfach bei uns im Office vorbei. Dann ist Tina, meine Mitgründerin, auch da und wir können uns gemeinsam austauschen«, schlägt Marc vor. Ohne zu zögern sage ich zu und mache unter dem Vorwand, dringend zu einem Arzttermin zu müssen, am Montag früher als sonst Feierabend. Das gute Gefühl, das ich schon am Telefon hatte, bestätigt sich im Gespräch mit den beiden, das mir ein bisschen so vorkommt, als würde ich mich mit guten Freunden unterhalten.

Tags darauf, als ich gerade noch am Frühstückstisch sitze, klingelt wieder das Telefon. Diesmal habe ich Marcs Anruf allerdings erwartet – wenn auch nicht ganz so schnell. »Moin, Lena«, begrüßt er mich und verschwendet, wie schon bei seinem ersten Spontananruf, keine Zeit: »Wir haben alles geklärt; wenn du magst, kannst du schon in drei Wochen anfangen. Wir würden uns wahnsinnig freuen, dich bei uns im Team zu haben!« Ich zittere vor Freude und es verschlägt mir die Sprache. »Bist du noch dran?« – »Natürlich!«, antworte ich schnell. »Sorry, mir sind die Worte weggeblieben ... Ja, ich freue mich auch wahnsinnig! Ich bin dabei!«

Nachdem ich aufgelegt habe, stoße ich einen kleinen Freudenschrei aus. Das ist der beste Wochenstart seit langem! Das Grinsen in meinem Gesicht werde ich für den restlichen Tag nicht mehr los, sodass Ina mich in der Mittagspause direkt zur Seite zieht. »Was ist hier los, warum wirkst du heute so fröhlich?«, will sie wissen. – »Was machst du nach Feierabend? Bier vom Kiosk nebenan und damit entspannt nach Hause schieben?«, gebe ich zurück, ohne ihre Frage zu beantworten. Sie platzt vor Neugierde, als wir am Abend unser Bier öffnen.

»Jetzt sag schon!«, drängt sie.

»Lass uns anstoßen«, antworte ich und lasse zunächst eine kurze Pause. »Ich hab einen neuen Job – in drei Wochen geht's los!«

Ina schaut mich verdutzt an: »Wie? So plötzlich?«

Ich erzähle ihr die Story und kann es dabei eigentlich selbst noch gar nicht richtig fassen. Wir stoßen noch einmal an, diesmal richtig.

»Wahnsinn, ich freu mich so für dich!« Ina fällt mir um den Hals. »Das hast du nach dem ganzen Drama der letzten Wochen mehr als verdient – aber ich vermiss dich jetzt schon im Office!«

»Ich dich auch. Andererseits: ein Grund mehr, wieder regelmäßiger zum Yoga zu gehen!«, grinse ich sie an.

»Da sagst du was«, lacht sie zurück.

Zuhause bringe ich per Sprachnachricht auch meine Mädels aus Hannover auf den neuesten Stand und lege mir anschließend die richtigen Worte zurecht, um dies am nächsten Tag auch mit meinem Chef zu tun. Es bleibt nicht viel Zeit, um noch rechtzeitig die Kündigung abzugeben, und das vermutlich eher unangenehme Gespräch will ich schnellstmöglich hinter mich bringen …

Jan staunt nicht schlecht, als ich ihm bei unserem nächsten Treffen von meinem neuen Job erzähle – auch weil er Tina über drei Ecken kennt. Er meint, dass das Konzept, das sie und Marc entwickelt haben, wirklich innovativ sei und mir die Arbeit sicher Spaß machen werde. »Und von hier aus ist es ja auch nur ein Katzensprung bis zu deinem neuen Büro«, nuschelt er absichtlich etwas zur Seite, als wir es uns auf seinem Sofa gemütlich machen. »Na ja«, kontere ich, »ungefähr genauso weit wie von meiner eigenen Wohnung aus …« Grinsend schnappe ich ihm dabei die Schale mit dem Lakritz-Eis aus der Hand, da ich meins schon aufgegessen habe und es einfach so sagenhaft lecker ist.

Nachdem unser Date neulich schon fast mit einem Kuss geendet hätte, fürchte ich, dass es wohl sehr bald darauf hinauslaufen wird, wenn wir uns weiterhin sehen. Verdammt! Ich bin mir eigentlich unsicher, ob ich das wirklich möchte. Aber würde ich mich sonst mit ihm treffen? Diese entspannten Abende auf dem Sofa mag ich sehr – ich genieße es, mich in die Decke einzukuscheln, während Jan meinen Nacken krault. Aber es ist endlich, rufe ich mir ins Gewissen; *du solltest es nicht ewig so weiterlaufen lassen!* Ich ignoriere es und küsse ihn.

Wenn ich an meinen neuen Job denke, bin ich total aufgewühlt und voller Energie. Allerdings ist es eine positive Aufregung, die sich nach einer richtigen Entscheidung anfühlt. Ich spüre, dass jetzt der Zeitpunkt dafür gekommen ist und bin dankbar für diese Chance. Doch von Zeit zu Zeit denke ich auch daran, dass Martin mir in der Schanze öfter über den Weg laufen könnte.

»Sei nicht albern, im Prinzip kann er dir doch überall über den Weg laufen. So weit wohnt ihr ja nicht auseinander«, ermutigt Ina mich, als ich ihr am Tag darauf von meiner Sorge erzähle, und schiebt hinterher: »Und Jan kannst du schließlich auch, je nachdem, wie lange es sich mit euch …« Dann bricht sie jedoch ab und entschuldigt sich für die spitze Bemerkung. Ich nehme es ihr nicht übel. Dass sie Jan nicht sonderlich mag und auch von unseren Treffen nicht viel hält, weiß ich ja.

»Na ja, Hamburg ist ja irgendwie auch nur ein Dorf. Wahrscheinlich muss ich da einfach durch«, gestehe ich mir seufzend ein. – »Kopf hoch, das überstehst du auch noch«, antwortet Ina. Recht hat sie! Inzwischen bin ich wieder viel zuversichtlicher geworden.

PROBLEM UND LÖSUNG

Die ersten Tage im neuen Job waren so aufregend, dass ich abends meistens wie von einer Dampfwalze überrollt ins Bett gefallen bin. Aber ich bin happy. Marc und Tina haben mich so herzlich aufgenommen – und auch die neuen Kollegen wirken sehr sympathisch. Insbesondere Juliana und Sassi, die mich in die aktuellen und bevorstehenden Projekte einarbeiten, sind unglaublich nett und witzig. Das Loftbüro gefällt mir – schlicht und stilvoll eingerichtet. Die angrenzende Teeküche teilen wir uns mit einem Tech-Start-up auf derselben Etage. Die dazugehörigen Jungs schätze ich auf um die dreißig; besonders der eine wirkt süß. Seinen Namen habe ich mir bei all der Aufregung und der flüchtigen Begrüßung in der Küche aber leider nicht merken können …

»Kommst du die Tage mal abends was mit uns trinken?«, fragt Sassi in der Mittagspause, die wir zu dritt bei einem Italiener auf dem Schulterblatt verbringen. Dabei tanzen die Sommersprossen auf ihrem Gesicht fröhlich in der Herbstsonne umher.

»Gerne. Macht ihr öfter was zusammen nach der Arbeit?«

»Juliana und ich schon. Wir wohnen auch zusammen in einer WG – aber noch mit einem Mann und einer anderen Frau. Sonst wäre das mit dem gemeinsamen Job hier doch zu viel«, erklärt Sassi.

»Oh, dann verbringt ihr ja wirklich viel Zeit miteinander. Aber wenn es gut funktioniert, dann scheint ihr ja euren *partner in crime* gefunden zu haben.«

»Ja, großartig Stress hatten wir bisher eigentlich noch nie. Aber unsere Urlaube verbringen wir immerhin getrennt!«

»Vielleicht auch besser so«, fügt Juliana grinsend hinzu. Die Mittagspausen mit den beiden sind recht amüsant. Bei der einen oder anderen Story, von der sie so berichten, wünsche ich mir sogar auch ein bisschen das WG-Leben zurück. Auf dem Schulterblatt ist an diesen schönen Herbsttagen viel los. Ich könnte ohne Probleme den ganzen Tag hier verbringen und das Treiben und die Leute beobachten.

Alles ist ganz anders als beim Start in meinem vorherigen Job. Ich sehe das als gutes Zeichen und bin sehr positiv gestimmt, was die Leute und auch meine neuen Aufgaben angeht. Nur Ina vermisse ich. Sie ist mir ans Herz gewachsen und es fehlt mir, sie morgens zu sehen. Auch an unsere Radfahrten denke ich oft. Umso mehr freue ich mich, dass sich in so kurzer Zeit diese gute Freundschaft zwischen uns entwickelt hat und dass wir uns schon allein durch die Yogastunden weiterhin regelmäßig zu Gesicht bekommen. Auch heute Abend treffen wir uns für eine gemeinsame Praxis. Ich hoffe dabei etwas Distanz zu den vielen noch fremden Eindrücken gewinnen zu können und frische Energie zu schöpfen. Meine neuen Aufgaben sind zwar superspannend, aber kosten mich aktuell noch recht viel Kraft.

Als ich ins Studio komme, ist Ina bereits auf ihrer Matte. Wir begrüßen uns hastig und dann beginnt die Stunde auch schon mit einer Meditation. Der beruhigende Duft des Palo Santo durchströmt den Raum und meinen Körper. »Betrachte dich einmal von innen – was siehst du? Und im Außen – was kannst du dort sehen? Verändert sich deine Wahrnehmung dadurch? Du bist Problem und Lösung zugleich. Im Hier und Jetzt. Oft schweifen wir in die Vergangenheit oder die Zukunft ab, doch wir leben in der Gegenwart«, tönt es durchs Studio. Die ganze Stunde über gehen mir diese Worte nicht aus dem Kopf. *Du bist Problem und Lösung zugleich.* Ich beschließe, sie mir gut aufzubewahren – da steckt so viel für mich drin. Ich muss Ina später unbedingt fragen, ob sie sich davon auch so persönlich angesprochen gefühlt hat.

»Wie geht's dir, Lena? Aufregende erste Tage gehabt?«, fragt sie mich direkt nach der Stunde in der Umkleide.

»Auf jeden Fall. Ich erzähl dir das gleich alles in Ruhe – wollen wir noch einen Wein trinken gehen? Hier ein paar Häuser weiter hat eine neue Weinbar aufgemacht.«

»Oder die Weinbar auf Sankt Pauli?«

»Auch gut. Da waren wir ewig nicht mehr.«

Draußen vor dem Studio hake ich mich bei Ina unter und wir schlendern zu Fuß durch die Neustadt Richtung Sankt Pauli. Das Klirren der Gläser beim Anstoßen auf meinen neuen Job erinnert mich an die Kristallgläser von Oma Elfriede.

»Danke, dass es dich gibt, Ina!«

»Warum so sentimental?« – Ich werde rot.

»Ach, einfach so. Durch den Jobwechsel ist mir bewusst geworden, wie dankbar ich bin, dich hier in Hamburg zu haben. Das ist einfach so viel wert, in einer neuen Stadt gleich so eine wunderbare Freundin zu finden.«

»Das sehe ich auch so! Aber jetzt erzähl doch mal: Wie ist denn dein erster Eindruck? Und die Kollegen? Ein heißer Boy dabei?« Bei der letzten Frage zieht sie vielsagend eine Augenbraue nach oben.

»Ina …«, buffe ich sie an. Dann erzähle ich vom Job und auch von der namenlosen Begegnung in der Teeküche. Ina berichtet, was im alten Job los ist. Außerdem erzählt sie, dass Jonas auch gerade über einen Wechsel nachdenkt und dafür vielleicht sogar in eine neue Stadt gehen will.

»Aber bevor du fragst – für mich ist das keine Option. Wir bleiben in Hamburg!«, stellt sie jedoch sofort klar.

»Das will ich doch stark hoffen«, gebe ich zurück – ohne Ina kann ich es mir auch gar nicht mehr vorstellen.

TECHNO IM KOPF

Marc zieht die Bürotür quietschend hinter sich zu. »Schön, dass ihr alle dabei seid. Endlich geht's mal wieder gemeinsam rüber ins *Tapas*«, wirft er freudig in die Runde. »Das nehmen wir dann gleich mal zum Anlass, um auf Lena als unsere neue Kollegin anzustoßen«, fügt Tina hinzu.

Das Tapas ist ein kleines spanisches Restaurant, vom Office aus gesehen zwei Häuser weiter. Juliana und Hanna haben schon angedeutet, dass die Abende dort in der Regel feuchtfröhlich enden, oft geht's danach auch noch weiter auf den Kiez. Ich bin für alles offen und habe zur Sicherheit nichts für morgen Vormittag geplant. Es ist ein geselliger Abend und ich fühle mich rundum wohl zwischen den neuen Kollegen. Kurz denke ich an Jan, der für diese Woche zu einem Job nach Rom geflogen ist. Immer mehr spüre ich, dass unsere Liaison sich langsam ihrem Ende nähert, doch für den Moment lasse ich sie noch unverbindlich weiterlaufen. Ich wundere mich, dass ich inzwischen so entspannt damit bin, aber das zeigt mir nur, dass ich Jans Nähe genießen kann und gefühlsmäßig trotzdem alles neutral ist.

»Darf ich dir auch noch nachschenken, Lena?«, fragt Chris, während er bereits freimütig – und zum wiederholten Mal – mein Glas mit einem kräftigen Schwung aus der Weinkaraffe fast randvoll macht. Bisher hatte ich mit Chris noch nicht so viel zu tun. Er scheint ein eher ruhiger Typ zu sein. Wenn er allerdings einen Joke macht, dann sitzt der. Er hat einen wunderbar trockenen Humor.

»Du hast mir ja gar keine Gelegenheit gelassen, nein zu sagen«, witzele ich. – Hätte ich aber auch nicht, denn der Wein ist echt lecker. Allerdings merke ich das auch direkt, als ich aufstehe; die steile Treppe zu den Toiletten im Keller ist nicht ganz ohne ...

»Lena, bist du das in der Kabine nebenan?«, höre ich Sassis Stimme neben mir.

»Ja, wieso?«

»Komm mal zu uns rüber, wenn du soweit bist!«

»Okay ...«, antworte ich zögernd. Als ich kurz darauf an die Kabinentür klopfe, öffnet Sassi freudestrahlend und schließt hinter mir schnell wieder ab. Auf dem Toilettendeckel entdecke ich das weiße Pulver. Koks. Juliana hat es mit einer Kreditkarte fein säuberlich zu einer Linie formiert: »Bist du dabei?« Ich zögere. Ich kenne zwar ein paar Bekannte, die gelegentlich schon gekokst haben, ich selbst habe bisher aber noch keine Erfahrungen damit gemacht. Ich höre mich »Okay« sagen, und »Das ist das erste Mal für mich«, und schon ziehe ich das Zeug durch meine Nase – nicht mit einem Stäbchen oder einem zusammengerollten Geldschein, wie ich mir das bisher vorgestellt habe, sondern einfach so. Dann gehe ich einen kleinen Schritt zurück – viel Raum bietet die Kabine dafür nicht. Mein Kopf fühlt sich leer und voll zugleich an. Nachdem auch Sassi und Juliana jeweils eine Line gezogen haben, nicken wir uns zu, dann gehen wir schweigend nach oben.

In meinem Kopf hämmert es: Was haben wir da gerade gemacht? Wirklich, Lena? Ich würde mich gern kneifen, um herauszufinden, ob ich träume oder das hier wirklich passiert. Die Situation erinnert mich daran, wie früher in der großen Pause auf der Schultoilette heimlich geraucht wurde – natürlich wussten alle davon, auch der süßliche Deogeruch konnte das nicht verbergen. Und das ist nun also der Start in die erste gemeinsame Afterwork im neuen Job? Ich frage mich, ob das hier wohl öfter so abläuft oder heute eher eine Ausnahme ist. Plötzlich werden meine Finger ganz schwitzig. Eine regelrechte Euphorie durchfährt mich und will gar nicht mehr aufhören – am liebsten würde ich auf der Stelle lostanzen, bin voller Energie und Tatendrang. Auch wenn die Gespräche dynamisch und interessant sind, werde ich immer ungeduldiger. »Wie sieht's aus, kommt jemand mit in den Bunker? Techno?«, fragt Juliana in die Runde. Fast hätte ich laut »Hier!« geschrien, kann mich aber gerade noch zusammenreißen. Ich spüre es schon jetzt von den Haarspitzen bis in den großen Zehennagel: Das wird eine krasse Nacht!

Im Bunker massieren die Bässe meinen Körper von oben bis unten. Es knallt in den Ohren. Meine Augen nehmen nur Schatten in der Dunkelheit wahr. »Sassi, Juliana, seid ihr neben mir?« Eine Hand legt sich auf meine Schulter. Sassi fragt, ob ich auch ein Bier will. Ich schüttele den Kopf – was aber offenbar niemand sieht. Ich nehme ihr das Bier ab. Es ist angenehm kühl und eine Wohltat für meine trockene Kehle. Mit der Zeit gewöhnen sich meine Augen an die Dunkelheit und ich nehme die Silhouetten um mich herum deutlicher wahr. Der Beat läuft und ich fühle mich unendlich frei. Sassi und Juliana tanzen ausgelassen um mich herum – wenn ich es nicht besser wüsste, würde ich sagen, wir waren schon unzählige Male gemeinsam aus. Die Musik durchdringt meinen Körper immer wieder aufs Neue und lässt mich das Gefühl für Raum und Zeit völlig verlieren. Wie eine Marionette tanze ich ferngesteuert auf den einzelnen Tönen, die ein nie enden wollendes Sammelsurium von verschiedensten Melodien ergeben.

»Noch ein Bier?«, fragt mich jemand. Die Stimme vibriert in meinem Ohr und fließt gleich darauf wie durch mich hindurch. Ich drehe mich um, blicke in blitzend grüne Augen und nicke stumm. Wir prosten uns zu, tanzen miteinander, nehmen unsere Hände. Halten fest, lassen los. Wir kommen uns sehr nah. Dann werden wir von der Musik für einen kurzen Moment auseinandergerissen, um uns gleich danach immer enger aneinanderzuschmiegen. Wir verschmelzen miteinander. Küssen uns. Es geht wohl eine ganze Weile so. Irgendwann verabschieden wir uns von Sassi und Juliana; draußen vor dem Bunker ist es inzwischen hell geworden.

Mein Zeitgefühl habe ich immer noch nicht wiedergefunden. Ich schließe die Augen und möchte wieder in die Leichtigkeit von eben versinken. Als ich sie wieder öffne, sitzen der Typ und ich in einem Taxi. Die Häuserfassaden ziehen wie Schemen an uns vorbei. Wir halten vor meiner Haustür. »Habe ich die Adresse gesagt?«, frage ich mich stumm. Ich kann mich nicht daran erinnern. Der Typ legt den Arm um mich und zahlt das Taxi. Wir gehen die Treppenstufen hoch in meine Wohnung. Auf dem Absatz bleiben wir stehen und küssen uns. Die dabei entstehende Wärme hüllt mich ein wie eine federweiche Bettdecke …

Mein Schädel brummt. Oder besser gesagt, es knallt wie der Technosound der letzten Nacht, nur ist das fantastische Gefühl dazu weg. Wohin habe ich nur die Kopfschmerztabletten verlegt? Mit halb geschlossenen Augen taste ich mich zur Schublade meines Nachtschranks vor und werde fündig. Neben meinem Bett liegen zwei kleine leere Schnapsflaschen auf dem Boden, eine davon in einer Lache aus Kräuterlikör. Mir wird flau im Magen. Im Bad übergebe ich mich, danach ist es ein wenig besser. Etwas blass um die Nase tapse ich in die Küche. Auf dem Esstisch liegt eine leere Schachtel Kippen. Daneben ein Stück Küchenpapier, auf dem steht: »Danke für die großartige Nacht«, dazu ist eine Handynummer notiert. Das Papier zerknülle ich und schmeiße es in den Mülleimer. Ich nehme eine kalte Dusche, um wieder einen klaren Kopf zu bekommen. Als ich aus dem Badezimmer komme, ist es halb fünf am Nachmittag. Ich habe nicht die geringste Ahnung, wann ich nach Hause gekommen bin – vor allem aber, mit wem.

Nach und nach füllen sich die Erinnerungslücken und ich kann den gestrigen Abend einigermaßen rekonstruieren. Beim Blick auf mein Handy blinken drei Nachrichten von Juliana und Sassi auf. Sie erkundigen sich nach meiner letzten Nacht und ob es mir gut geht. Ich antworte nur kurz: »Alles in Ordnung, war ein witziger Abend.« Dann ziehe ich mir die Bettdecke wieder über den Kopf und mir kommt schlagartig ein Gedanke: Haben wir letzte Nacht eigentlich verhütet? Ein Kondom habe ich nirgends entdecken können. Ein ungutes Gefühl macht sich in mir breit. Ich scrolle durchs Netz und finde die nächstgelegene Apotheke, in der ich mir die Pille danach besorgen kann. Auf dem Weg dorthin fängt mein Schädel erneut an zu brummen. Eigentlich liebe ich es, durchs Viertel zu schlendern, doch jetzt kann ich es kaum erwarten, wieder unter der Bettdecke zu verschwinden – gern auch für länger als eine Nacht. Neben der Pille lasse ich mir noch eine Großpackung Kopfschmerztabletten mitgeben. Sicher ist sicher.

Ich fühle mich elend und versuche das Denken abzustellen. Es funktioniert aber nicht. Immer wieder grübele ich darüber nach, wer der Typ von letzter Nacht war und ob ich ihm nicht vielleicht schreiben sollte, doch ich beschließe es bleiben zu lassen. Tränen rollen über meine Wangen. Ich wische sie weg und versuche mich zu beruhigen, aber sie kullern weiter und weiter. Vermutlich ist das auch eine Nachwirkung vom Koks – oder die Erschöpfung. Oder beides. In Zukunft möchte ich achtsamer mit mir umgehen, und morgen rufe ich Maria an, um ihr alles zu erzählen. Heute bekommt mich aber nichts und niemand mehr aus dem Bett. Vielleicht kann ich die letzte Nacht ja einfach wegschlafen …

Der Sonntagmorgen beginnt antriebslos, was auch der Kaffee im Bett nicht ändern kann. Ich ziehe mir meine Decke bis knapp unters Kinn und drehe mich wieder auf die Seite. Um dreizehn Uhr meldet sich der Wecker. Ziemlich ungewöhnlich für mich, so lange im Bett zu liegen und trotzdem ohne Elan zu sein. Mein Magen fängt an zu knurren. Mir ist nach Pizza mit Sardellen; mein Körper braucht Salz. Als es wenig später an der Tür klingelt, lasse ich mir wortlos und ohne Rückgeld meine Pizza aushändigen und nehme sie – so wie sie ist – mit ins Bett.

»Bist du okay? Ich meine, geht's dir denn jetzt besser? Oh Mann, Lena, du machst vielleicht Sachen!« – Das ist Marias erste Reaktion, nachdem ich ihr am Telefon alles erzählt habe. »Und bist du sicher, dass du dich wirklich nicht bei dem Typen melden willst? Vielleicht verpasst du ja deine große Liebe«, scherzt sie dann aber doch.

»Ja, die Zeit hier im Bett hat mir ganz gutgetan – und nein, ich werde mich nicht bei ihm melden. Ich möchte einen Strich unter den Abend ziehen.« Ich fange wieder an zu weinen. Zuerst versuche ich es vor Maria zu verbergen, aber sie kennt mich einfach zu gut.

»Was ist denn los, Leni? Fühl dich gedrückt!«

»Ich kann's dir auch nicht sagen. Ich bin gerade einfach überfordert! Den Start im neuen Job hatte ich mir eigentlich ein bisschen anders vorgestellt. Und ich hab Bammel vor morgen im Büro. Wer weiß, was die anderen mitbekommen haben und ob es vielleicht irgendwie komisch werden könnte.«

»Ich glaub, du machst dir zu viele Gedanken. Versuch dich zu entspannen und dann wird schon alles gut werden.«

»Ja, vielleicht hast du recht …« – Ich bin sehr dankbar für Marias Fähigkeit, mich immer dann zu beruhigen, wenn es darauf ankommt und gebe mir Mühe, mein Unbehagen abzuschütteln. Wir telefonieren noch eine halbe Ewigkeit weiter und Stück für Stück schafft sie es tatsächlich, mich wieder ein wenig aufzubauen.

Mit einem mulmigen Gefühl schließe ich trotz allem mein Rad am nächsten Morgen vor dem Bürogebäude an. »Morgen, Lena! Na, habt ihr noch gut gefeiert am Freitag?«, begrüßt Marc mich in seiner Kaffeetasse rührend. »War ein super Abend, danke noch mal für die Einladung!«, weiche ich vorsichtig aus. Sassi und Juliana sind auch schon da und kommen mit einem breiten Grinsen zu meinem Platz herüber. »Hattest du noch eine aufregende Nacht?«, flüstert Sassi. Ich werde rot. »Ach ... eigentlich ist das ja gar nicht so mein Ding«, entschuldige ich mich fast. »Komm, nimm einen Kaffee, der ist gerade frisch!«, lenkt Juliana dankenswerterweise vom Thema ab und drückt mir einen Becher in die Hand. Kaffee kann ich jetzt tatsächlich auch ganz gut gebrauchen. Danach fühle ich mich dann doch ziemlich erleichtert über den Einstieg in den Morgen.

Mittags gehe ich mit Sassi und Juliana zum Vietnamesen an der Ecke. Es ist kein goldener Oktobertag heute, dennoch sitzen wir draußen auf dem Schulterblatt. Meine Brühe wärmt dabei gut von innen. »Nun sag schon, wie ging es mit dir und dem Typen noch weiter?«, bohrt Sassi wieder. Diesmal erzähle ich von der Nacht und auch von der Handynummer, die ich am nächsten Morgen gefunden und dann weggeworfen habe, ohne mich zu melden. Ob ich es bereue, will sie wissen. »Du meinst, dass ich die Nummer weggeschmissen habe? Keine Spur!«, antworte ich.

Wir quatschen noch weiter über den Abend und beschließen, das bald mal zu wiederholen. Übers Koksen verliert allerdings keine der beiden mehr ein Wort. Für mich steht jedenfalls fest, dass ich beim nächsten Mal dankend ablehnen werde – die eine Erfahrung hat mir gereicht.

ZWETSCHGENKUCHEN

Am Wochenende fahre ich in die Heimat. Normalerweise verpassen meine Schwester und ich uns oft, wenn ich dort bin. Diesmal scheint das Timing aber zu stimmen. Als der Zug hält, entdecke ich sofort meine Mutter am Bahnsteig des kleinen Ortes mitten in der Lüneburger Heide. Sie hat Rudi, ihren Labrador, dabei. Alles scheint wie immer, Rudi springt freudig an mir hoch und meine Mutter umarmt mich.

»Du siehst so bepackt aus. Bleibst du länger als übers Wochenende?«, fragt sie, und ob sie mir die Tasche abnehmen soll.

»Das geht schon, sind ja nur ein paar Meter bis zum Auto«, antworte ich und sammle die Reisetasche und meine Yogamatte vom Bahnsteig auf.

»Hast du an deine Kamera gedacht?«

»Ja, du hast mich ja oft genug daran erinnert«, antworte ich ironisch. »Was hast du denn eigentlich damit vor? Neue Familienfotos, weil Julia und ich tatsächlich mal zur selben Zeit da sind?«

»Julia kommt erst morgen zum Frühstück, sie hat wohl noch was für die Uni zu tun. Du kennst sie ja, immer alles auf den letzten Drücker …«, verdreht meine Mutter die Augen. Dann druckst sie herum, erzählt davon, dass sie mit Babsi, der Nachbarin, viel »darüber« geredet hätte auf ihren täglichen Spaziergängen mit den Hunden.

»Aber worüber denn jetzt genau?«, will ich wissen.

»Na ja, die Fotos, die … sind für mich. Ich hab beschlossen, mich bei einer Singlebörse anzumelden«, antwortet sie. Ich zögere kurz. Die Vorstellung, dass meine Mutter künftig über ihr Smartphone nach links und rechts wischt, um Männer kennenzulernen, fühlt sich im ersten Moment etwas befremdlich an. Aber warum eigentlich nicht? Sie kann die einschlägigen Portale ja genauso nutzen wie ich. Außerdem hatte sie schon ziemlich lange keine Beziehung mehr. Und ich bin neugierig, wie Online-Dating in ihrer Generation wohl so abläuft und ob die Männer höflicher sind – oder ob *Ghosting* dort auch schon angekommen ist.

»Okay, ich helf dir«, kündige ich nach meinem inneren Monolog an. »Wenn Julia da ist, können wir ja ein paar hübsche Bilder machen und dir direkt ein Profil anlegen. Da können sich die Männer hier im Umland schon mal warm anziehen!« – Nach diesen Worten kann ich ihr die Erleichterung förmlich ansehen.

»Danke, Lena, das bedeutet mir viel.«

Den Abend verbringen wir auf der Couch. Nebenbei läuft ein Krimi im Fernsehen, während der Wind draußen in den Bäumen rauscht. Rudi liegt neben uns und gibt ab und an ein glucksendes Schlafgeräusch von sich. Ansonsten ist es angenehm still. Erst jetzt wird mir bewusst, wie hektisch es in der Großstadt zugeht; manchmal fehlen mir diese ruhigen Momente zur Entspannung dort sehr.

»Hast du gut geschlafen?«, will meine Mutter am nächsten Morgen wissen, als ich in die Küche tapse.

»Ja, es war so schön still. Und heute früh wurde ich ganz sanft von der Natur geweckt.« Ich strecke mich.

»Tja, willkommen auf dem Land – vielleicht solltest du öfter herkommen.« – Es klingt ein wenig vorwurfsvoll, aber ich lasse es so stehen, denn der Morgen ist einfach zu schön für Spitzen.

»Warst du schon mit Rudi draußen?«, frage ich stattdessen.

»Die erste Runde haben wir längst hinter uns. Wo bleibt denn jetzt eigentlich deine Schwester?« Ihre Ungeduld kann meine Mutter selten verbergen. Zum Glück wird sie aber in der Regel auch genauso schnell wieder gelassener. In diesem Moment klingelt es an der Tür. Als Julia die Diele betritt, freue ich mich so sehr, sie zu sehen und wir fallen uns in die Arme.

Während des Frühstücks tauschen wir Neuigkeiten aus. Und wie so oft, wenn wir zusammensitzen, mischen sich dabei auch die einschlägigen Geschichten aus Kindertagen dazwischen – die meistens zustande kamen, wenn Julia und ich unsere Mutter früher mit ständig neuen Einfällen erschreckt haben. Wir liebten es, wenn sie kurz aufschrie und uns dann aber doch immer wieder in die Arme schloss. Manchmal frage ich mich, wie sie das damals mit uns eigentlich alles gewuppt hat. Ich war gerade in den Kindergarten gekommen und Julia steckte noch in den Windeln, als unser Vater wegen einer anderen Frau wegging – eine ehemalige Referendarin an seiner Schule. Es hielt nicht lange und Jahre später habe ich erfahren, dass er es wohl sehr bereute und wieder zu uns zurückwollte. Mamas Verletzung war aber einfach zu groß, um ihm eine zweite Chance zu geben. Da ich als Kind so oft wie möglich bei meinen Großeltern sein wollte und Opa ohnehin immer lustiger fand als Papa, habe ich damals nicht verstanden, warum Mama abends so oft geweint hat. Eines Tages hat Opa ihr einen Hund mitgebracht, Wolli – ab da ging es ihr dann besser. Sie blühte regelrecht auf. Als Wolli starb, konnte ich zum ersten Mal wirklich nachempfinden, wie es ist, wenn ein Familienmitglied geht ...

Ich werde aus den Gedanken gerissen, als meine Mutter mich fragt, wie die Männer in Hamburg so sind. Ich erzähle aber nur kurz und in Ansätzen von meinen Dates; bei meinen Freundinnen fühle ich mich mit diesem Thema besser aufgehoben. Manchmal plaudere ich allerdings auch mit Oma Elfriede über solche Dinge. »Seid ihr fertig mit dem Frühstück?«, drängelt meine Mutter. »Dann können wir raus und die Fotos machen!« Julia und ich tauschen einhellige Blicke aus. Ich schlage vor, die Fotosession mit einem ausgiebigen Spaziergang mit Rudi zu verbinden und anschließend bei Oma vorbeizuschauen – sie wohnt nur ein paar Häuser weiter und wartet schon auf meinen Besuch.

Tatsächlich ergeben sich auf dem Streifzug einige Schnappschüsse, die sich gut als Profilbilder verwenden lassen. Der Besuch bei meiner Oma hingegen fällt leider viel zu kurz aus. Wir verabreden uns daher für morgen vor meiner Abfahrt erneut. Wenn wir allein sind, lässt es sich oft besser unterhalten, denn Oma und Mama können zusammen ziemlich anstrengend sein, wenn es Meinungsverschiedenheiten gibt. Und die gibt es oft.

Abends kocht meine Mutter für uns Julias und mein Lieblingsessen, vegetarische Bolognese. Als sie gerade nicht in Hörweite ist, stupst Julia mich an und fragt mich mit gedämpfter Stimme, ob ich mal wieder was von Papa gehört habe. »Ab und an schreiben wir«, antworte ich, ebenfalls flüsternd, »aber auch nicht regelmäßig. Und du? Ich meine, immerhin wohnt er ja fast bei dir um die Ecke.« – »Nee, ich hab eigentlich noch weniger Kontakt. Nur manchmal laufen wir uns zufällig über den Weg und quatschen dann auch meistens ganz nett miteinander. Aber halt eher so, als würde man einen Bekannten treffen.«

Ich kann schlecht ausmachen, ob Julia fein damit ist oder ob es sie innerlich doch bewegt. Es fällt mir manchmal schwer, einen Zugang zu ihr zu finden. Sie und Mama sind sich da zumindest in dieser Hinsicht recht ähnlich. Grundsätzlich reden wir selten über unseren Vater. Mama fast nie. Bis heute ist sie gekränkt, weil sie Papa als ihre große Liebe angesehen hat. Dass Oma von Anfang an nicht gut auf ihn zu sprechen war, nimmt meine Mutter ihr manchmal immer noch übel – obwohl sie mit ihren Bedenken recht behalten hat. Oder vielleicht auch gerade deswegen? Uns Kindern hat er jedenfalls nicht sehr gefehlt. Es war schön, mit unseren Großeltern aufzuwachsen. Zu Oma Elfriede hatten wir immer ein besonders enges Verhältnis. Nach der Schule war sie für uns da, während Mama im Hospiz arbeitete. Meine Mutter hat sich, wenn ich so darüber nachdenke, immer hintenangestellt, um es für uns so gut wie möglich zu machen. Habe ich ihr jemals richtig Danke dafür gesagt?

Als ich am nächsten Morgen wie verabredet vor Oma Elfriedes Tür stehe, drückt sie mich herzlich an sich. Drinnen duftet es nach Zwetschgenkuchen. Ich liebe diesen Geruch. Für mich wird er wohl immer verbunden sein mit der Erinnerung an Opa, wie er mit seiner Kaffeetasse und der ausgebreiteten Tageszeitung auf dem Sofa in der Küche sitzt und angestrengt versucht, das Kreuzworträtsel zu lösen.

»Hast du extra gebacken?«, frage ich.

»Na, das lasse ich mir doch nicht nehmen, wenn du schon mal hier bist!«

Dafür drücke ich sie gleich noch einmal. Bei Kaffee und Kuchen plaudern wir also über Hamburg, die Arbeit und die Bekanntschaften, die ich dort bisher gemacht habe. Aber auch immer wieder darüber, was für ein toller Mann Opa war. Oma fasst sich dann immer an das Amulett, das er ihr zur Verlobung geschenkt hatte – weil sie keine Ringe mag – und das sie noch bis heute jeden Tag um den Hals trägt.

»Schön, dass du so gut in Hamburg angekommen bist«, freut sie sich für mich, »und dass du Ina kennengelernt hast – von deinen Erzählungen her macht sie jedenfalls einen sehr netten Eindruck.«

»Ja, für Ina bin ich auch wirklich sehr dankbar«, nuschle ich, während ich bereits bei meinem dritten Stück Kuchen angekommen bin.

»Und die Männer, Lena? Über den Jonas bist du aber ganz hinweg – oder hängst du noch immer dran?«

Ich zucke innerlich zusammen. Mit dieser Frage hatte ich nun wirklich nicht gerechnet und antworte: »Oma, das ist über vier Jahre her. Es hat zwar seine Zeit gebraucht, aber nein, das Thema ist durch.«

»Daran hast du ja auch wirklich lange zu knabbern gehabt«, überlegt sie und nippt an ihrer Kaffeetasse. »Aber was ist denn eigentlich mit diesem Fotografen? In den letzten Telefonaten kam dazu gar nichts mehr von dir.«

»Ganz schön neugierig bist du!«, werfe ich ihr mit einem breiten Schmunzeln entgegen, erzähle ihr dann aber doch etwas mehr davon.

»Was Lockeres ist das also zwischen euch – sagt man doch so, oder?«, fasst sie anschließend zusammen.

»Ja, so kann man das wohl nennen. Aber ganz wohl ist mir damit auch nicht mehr, ehrlich gesagt. Wahrscheinlich warten wir gerade beide darauf, dass der andere den Schlussstrich zieht ...«

Als ich auf die Uhr schaue, ist es schon wieder an der Zeit, dass wir uns verabschieden, damit ich noch rechtzeitig zum Bahnhof komme. Wir umarmen uns innig und ich streiche meiner Oma liebevoll über die Wange. Es fühlt sich fast wie ein Abschied für immer an. Ich sollte öfter herkommen, der Weg ist ja gar nicht weit, denke ich.

Aus dem Zug heraus winke ich wenig später noch meiner Mutter zu. Ihre schulterlangen Haare wehen im Wind. Ich wünsche mir für sie, dass sie vielleicht wirklich noch einmal einen Mann kennenlernt, der ihr Herz wieder weicher werden lässt. Gestern Abend habe ich mich bei ihr dafür bedankt, dass sie mir eine so schöne Kindheit bereitet hat, obwohl es keine leichte Zeit für sie gewesen ist. Wir haben uns danach länger als sonst umarmt und auf meiner Schulter konnte ich dabei eine Träne spüren, die nicht meine war ... Das Wochenende hat mir gutgetan. Es war schön, meine Familie wiederzusehen – und wie jedes Mal nehme ich mir vor, regelmäßiger herzufahren. Trotzdem schaffe ich es meistens nur alle paar Wochen. Es steht eben doch immer viel zu viel an.

Meine Gedanken kreisen während der Zugfahrt um Martin und Jan. Eigentlich hatte ich das Kapitel mit Martin ja schon abgeschlossen, dennoch kommen immer wieder auch Sehnsüchte nach der schönen Zeit hoch. Bei Jan hingegen zeigt mir mein Bauchgefühl inzwischen deutlich an, dass wir es beide nur unnötig hinauszögern; die gemeinsame Zeit genieße ich kaum noch richtig. Ich meine, natürlich ist es schön, ihn zu sehen und in seinen Armen zu liegen, aber fallenlassen kann ich mich dabei nicht mehr – oder konnte ich das überhaupt irgendwann?

Als der Zug in Hamburg einfährt, umgibt mich wie jedes Mal dieses wärmende Gefühl, den richtigen Schritt gegangen zu sein.

DAS LETZTE PUZZLETEIL

Das Wochenende mit meiner Familie hat mir den letzten Impuls gegeben. Es hat mir die Augen geöffnet: Jan und ich müssen endlich und vor allem endgültig getrennte Wege gehen, und das besser früher als später. Auch wenn wir uns nur unregelmäßig daten, ist es doch zur Routine geworden. Ich habe mir das erst nicht eingestehen wollen; ich war nicht ehrlich zu mir. Für das nachträgliche Geburtstagsfrühstück, zu dem wir uns verabredet haben, setze ich mir daher selbst die Pistole auf die Brust – ich werde Jans Wohnung heute nicht ohne einen Schlussstrich verlassen.

Bevor ich mich auf den Weg mache, lasse ich mir bewusst Zeit. Bei einem letzten prüfenden Blick in den Spiegel spreche ich mir noch einmal Mut zu und stecke danach das kleine Päckchen mit dem Schleifenband ein, das auf meinem Küchentisch bereitsteht; darin befindet sich ein Glas mit Glückskeksen. Kurz überlege ich dann doch noch, ob es nicht irgendwie geschmacklos ist, in diesem Zusammenhang ›Glück‹ zu verschenken – andererseits wünsche ich Jan auf seinem weiteren Weg tatsächlich eine große Portion genau davon. Ich bin fest überzeugt, dass ich uns beiden einen Gefallen tue, indem ich diesen unumgänglichen Schritt übernehme.

Ich lasse mein Rad heute stehen und gehe über die Schanze zu Fuß, um Zeit zu schinden. Der Wind pustet mir ins Gesicht, aber stört dabei nicht. Ich ziehe den Reißverschluss meiner Jacke noch höher und stülpe mir die Kapuze über. Blätter wirbeln durch die Luft, es fängt an zu nieseln. Bei jedem weiteren Schritt wird mir mulmiger, doch ich bleibe bei meiner Entscheidung. Die Treppenstufen hoch zur Wohnung enden zu schnell;

ich hätte gut und gern noch vier oder fünf Stockwerke weitergehen können …

»Hey Lena, schön, dich zu sehen«, begrüßt Jan mich im Türrahmen lehnend und sieht dabei äußerst gut aus. »Bist du bei dem Wetter etwa zu Fuß gegangen?«, ergänzt er, als er bei unserer Umarmung meine feuchten Klamotten bemerkt.

»Ja, mir war so nach viel Luft«, antworte ich und küsse ihn. »Alles Gute nachträglich zum Geburtstag!«

Als Antwort küsst er mich zurück.

»Hast du gut gefeiert?«, frage ich, während ich mich an ihm vorbeischlängele und meine Jacke ausziehe. Er berichtet von der ausufernden Geburtstagsfeier mit Freunden, doch ich kann dabei nicht richtig folgen; immer wieder bin ich abwesend, warte auf den passenden Moment. Vor lauter Anspannung sind meine Hände ganz zittrig und kalt. Aus irgendeinem Grund muss ich an den Abschied von Oma Elfriede vor ein paar Tagen denken.

»Geht's dir nicht gut? Du bist ein bisschen blass«, bemerkt Jan.

»Doch, doch, ich brauche wahrscheinlich nur einen Kaffee«, lüge ich. Als würde mein Leben davon abhängen, stürzt er sofort zum Siebträger und reicht mir kurz darauf einen wirklich leckeren Cappuccino. Er schaut mir besorgt dabei zu, wie ich zunächst nur daran nippe – eigentlich echt süß von ihm, denke ich. Ich beruhige mich etwas und wir plaudern während des Frühstücks über die letzten Wochen und darüber, dass auch die kommenden bis Weihnachten wohl wieder schnell vergehen werden. Bisher hatte ich daran noch gar keinen Gedanken verschwendet – immerhin ist erst Oktober.

Mein Croissant esse ich wie mechanisch. Ich gehe noch einmal in mich und überlege tatsächlich, ob ich meinen Entschluss nicht doch noch einmal verschieben könnte, da es gerade so schön ist. Aber ich will dabei bleiben – schön ist es schließlich immer, aber das allein reicht nicht für uns. Ich beiße noch einmal ab und schmiere für den letzten Bissen besonders viel Marmelade drauf. »Augen zu und durch!«, ertönt es in meinem Kopf.

»Wolltest du was sagen? Du wirkst so angespannt heute«, ergreift jedoch Jan in diesem Moment das Wort.

Irritiert davon flüchte ich mich wieder in eine Ausrede, die meinem Mund schneller entweicht als ich denken kann: »Nee, alles gut, ich hab nur schlecht geschlafen.« – *Ernsthaft, Lena?*

Doch noch bevor ich neu ansetzen kann, greift Jan nach meinem Geschenk: »Das hab ich ja noch gar nicht aufgemacht!« Vorsichtig wickelt er das Papier ab und öffnet dann den Deckel des Glases. »Oh cool, da bin ich ja mal gespannt, was mich erwartet«, sagt er, angelt sich einen der Glückskekse heraus und hält anschließend mir das Glas hin. Ich greife ebenfalls hinein.

»Auf meinem steht: *Zeit für Veränderung*. Und auf deinem?«

»*Schaue nicht zu, dass die Dinge zu dir kommen, sondern gehe bewusst zu den Dingen hin*«, lese ich vor. Wir schauen uns an, als hätte uns gerade jemand das letzte Puzzleteil gegeben, das noch gefehlt hat.

»Du, ich wollte mit dir noch über etwas reden …«, setzt Jan etwas zögerlich an.

Ich streiche über seinen Ellenbogen. »Jan, ich weiß, was du sagen willst.« – Ohne ein weiteres Wort umarmen wir uns, dann löst er sich und zieht eine Augenbraue hoch.

»Ich geh davon aus, dass du meine Auffassung teilst; wir hatten eine großartige Zeit zusammen, aber jetzt sollten wir das beenden, um frei für Neues zu sein.«

Ich nicke ihm zu. »Absolut. Wir halten an etwas fest, das nicht da ist.« Mit diesen Worten löst sich meine Anspannung schlagartig auf. Auch wenn ich nicht direkt den ersten Schritt gemacht habe, fühle ich mich unendlich erleichtert. »Wir schieben das schon ziemlich lange vor uns her, oder? Ich meine, wir verstehen uns gut – aber mehr ist es eigentlich auch nicht«, ergänze ich und spüre dabei, wie Jan mir still beipflichtet.

»Verrückt, dass wir die Glückskekse brauchten, damit der Knoten platzt«, fügt er leicht kopfschüttelnd hinzu.

»Danke.«

»Wofür?«, fragt er.

»Für die gemeinsame Zeit«, antworte ich. »Ich hab daraus viel für mich mitgenommen.« Und dann ist auf einmal völlig klar, dass der Moment jetzt da ist – ich schiebe meinen Frühstücksteller andeutungsweise von mir und stehe auf. »Es ist wohl Zeit, dass ich mich auf den Weg mache«, sage ich. Jan bringt mich zur Tür und wir umarmen uns erneut, wohl zum letzten Mal.

Loszulassen fiel mir erst schwer. Aber die Möglichkeit für Veränderung, die sich jetzt auftut, ruft in mir eine große Leichtigkeit hervor. Die Treppenstufen in Jans Hausflur springe ich regelrecht hinunter – am liebsten würde ich dabei noch einen Schrei der Befreiung von mir geben, allerdings bleibt es bei einem tiefen Seufzer. Ich gehe gelöst nach Hause und mache noch einen Abstecher übers Schulterblatt, vorbei an meinem Büro. Was wird jetzt also die Veränderung sein, die als nächstes ansteht, frage ich mich dabei – vielleicht hat sie ja mit dem süßen Tech-Typen aus der Teeküche zu tun? Immerhin weiß ich inzwischen, dass er Moritz heißt …

TEEKÜCHE I

Was hatte ich mir nur dabei gedacht, mich auf die neue Arbeitswoche zu freuen? Trotz Regenhose komme ich im Büro schon völlig erschöpft vom Kampf gegen Wind und Nässe an – in Kombination ein absoluter Endgegner. »Neue Frisur?«, zieht Juliana mich direkt auf, als ich den Flur betrete; ich fische zwei Blätter aus meinem feuchten und komplett zerzausten Haar. »Ja, wirklich witzig …«, gebe ich etwas genervt zurück. »Das Schietwetter hat mich voll erwischt. Trotzdem kein Grund, das Fahrrad im Keller zu lassen!« – »Stand dir«, fügt Juliana noch hinzu, bevor sie ohne weitere Worte in Richtung der Kaffeemaschine verschwindet.

Die Hälfte des Tages verbringe ich fast ausschließlich in Meetings. Als Sassi pünktlich zur Mittagspause lässig im Türrahmen lehnt, schaue ich sie nur ungläubig an. Der Vormittag ist offenbar total an mir vorbeigegangen.

»Kommst du mit in die neue Pizzeria ums Eck? Die heißt irgendwas mit *Romantic*, also wie sieht's aus?«, kichert sie.

»Wollen wir nicht lieber was bestellen?«, entgegne ich ohne große Umschweife. »Bei dem Wetter mag ich ungern noch mal vor die Tür.«

Julianas Blick wandert zum Fenster. »Hm … Na, wenn ich sehe, wie es so gegen die Scheiben prasselt, ist das vielleicht wirklich die bessere Idee.« Ihr entfährt ein langgezogenes Gähnen, dann geht sie Sassi und Frida Bescheid sagen, dass wir umplanen und hier essen – Gott sei Dank.

In der Regel verbringe ich die Mittagspausen mit Sassi und Juliana. Wenn Frida für anstehende Projektabgaben aber länger als üblich im Büro bleibt und die Zwillinge später aus der

Kita abholt, schließt sie sich uns meistens gern an und genießt dann die quirligen Storys abseits der »Quatschmuttirunden«, die sie sonst am Nachmittag erwarten würden. Ich bewundere sie ein bisschen, denn sie wirkt immer ziemlich ausgeglichen und hat gute Ideen. Und das, obwohl sie nachts oft kaum Schlaf bekommt.

Als Frida am nächsten Morgen zuerst an meinem Desk vorbeiläuft, dreht sie sich kurz darauf noch einmal nach mir um. »Du siehst ja so rausgeputzt aus, hast du heute irgendwas vor?« – »Du meinst, weil ich den Schlabberpulli mal gegen eine Bluse getauscht habe? Nein, mir war nur so danach.« Es fällt also gleich auf, denke ich und spüre, dass ich dabei rot anlaufe und etwas unsicher werde. Ich wollte heute mal etwas figurbetonter sein – hoffentlich wirkt es nicht zu spießig. Denn natürlich verfolge ich damit auch gewisse Hintergedanken ...

Am späten Vormittag treffe ich in der Teeküche tatsächlich auf Moritz. »Hey Lena, wie geht's dir?«, eröffnet er direkt das Gespräch. Als er so nah bei mir steht, fallen mir seine langen Wimpern zum ersten Mal richtig auf. Bisher hatte ich gedacht, es seien die braunen Augen, die mich so anziehen würden – aber diese unglaublichen Wimpern verleihen seinen ansonsten eher groben Gesichtszügen eine Weichheit, die etwas ganz Besonderes hat.

»Danke, gut! Ich wollte gerade schauen, ob wir noch Milch auf Lager haben, bei uns im Office ist keine mehr«, rudere ich etwas ungelenk aus meinen Gedanken zurück. Moritz reicht mir eine volle Packung aus dem Karton.

»Morgen geht's mal wieder mit eurer Truppe zum Dönerladen schräg gegenüber. Bist du auch dabei?«

Ich bin kurz irritiert. »Davon hab ich noch gar nichts gehört. Aber ja, klar, ich komm gerne mit«, antworte ich.

»Cool, na dann sehen wir uns ja morgen.«

»Ja, cool, bis dann!« – Als ich Frida im Office bereits rund um die Kaffeemaschine nach der Milch suchen sehe, stupse ich sie von hinten an. »Ich hab gerade neue von drüben geholt«, grinse ich breit.

»Oh, danke, Lena«, antwortet sie.

»Du, sag mal, Moritz meinte gerade was von Mittagspause zusammen mit seinem Start-up?«

»Oh.« Frida wirkt für einen kurzen Moment, als wäre sie gerade bei etwas ertappt worden. »Stimmt, die Rundmail dazu hab ich heute früh angefangen, aber immer noch nicht abgeschickt«, entschuldigt sie sich. »Meine Gedanken kreisen gerade nur um die Abgabe.«

»Kein Problem«, beruhige ich sie, »scheint sich ja auch so herumzusprechen.« Frida schaut nur etwas verdutzt. Wahrscheinlich, weil ich schon wieder grinse – oder gar nicht damit aufgehört habe. Gut gelaunt schnappe ich mir meinen Kaffee und mache mich vorerst wieder an die Arbeit. Immer wieder muss ich dabei allerdings an Moritz' Wimpern denken, die seinen Blicken eine Zärtlichkeit verleihen, die mir bisher noch bei keinem anderen Mann aufgefallen ist.

Vor der Mittagspause am folgenden Tag bürste ich noch einmal meine Haare und werfe anschließend einen prüfenden Blick in den Spiegel. Im Laden ist dank der Musik im Hintergrund das einmütige Geschmatze beim Essen kaum zu hören – solche Geräusche finde ich besonders in größeren Runden meistens sehr unangenehm. Ich bestelle einen Salatteller, um mich möglichst nicht zu bekleckern, worin ich sonst unschlagbar bin. Mein helles Shirt macht das Unterfangen allerdings nicht gerade leichter.

»Will noch jemand ein Bier?«, fragt Moritz in die Runde.

Marc antwortet für alle: »Nächstes Mal gern, aber wir arbeiten gerade an einer wichtigen Abgabe. Das kommt im finalen

Kundengespräch nicht so gut mit Bierfahne.« Er prostet Moritz stattdessen andeutungsweise mit seiner Schorle zu.

»Dann habt ihr später noch was zu feiern?«, fragt einer von Moritz' Kollegen.

»Eventuell machen wir nach Feierabend noch einen Umtrunk«, antwortet Sassi – wohl auch als Frage in die Runde gemeint.

»Ich wäre heute raus. Morgen früh ist Yoga und abends bin ich auch schon zum Feiern verabredet.« – Da ich inzwischen weiß, wie diese Feierabendrunden meistens enden, halte ich mich für heute lieber heraus. Außerdem unterrichtet morgen eine Lehrerin aus Berlin, die ich unter keinen Umständen verpassen möchte – diesen Teil denke ich mir nur, ohne ihn laut auszusprechen, da die Mädels meine Begeisterung fürs Yoga nicht so teilen können. Manchmal verkneife ich mir solche Ergänzungen deshalb lieber.

Inzwischen ist Moritz mit einigen Bieren für sich und seine Kollegen zurück am Tisch und sucht direkt den Blickkontakt mit mir. »Ich hab gerade gehört, du willst morgen feiern gehen? Witzig, einen ähnlichen Plan hab ich auch«, grinst er zu mir herüber. »Und, weißt du schon, wohin?« Fast wirkt es so, als würde er heftig mit mir flirten – oder habe ich seinen Augenaufschlag gerade falsch gedeutet?

»Wir wollen Richtung Paul-Roosen-Straße, da ist es immer so herrlich entspannt«, antworte ich und hoffe dabei, dass die anderen nicht so viel von unserem Gespräch mitbekommen. Ohnehin scheint der Fokus aber gerade eher auf Marc gerichtet zu sein, der von unserer anstehenden Abgabe erzählt.

»Cool, vielleicht sehen wir uns ja. Gib mir doch deine Nummer, dann können wir noch mal schreiben.« Den letzten Teil flüstert Moritz in meine Richtung. Ich nicke ihm zu. Dabei wird mir warm und ich versuche mir die Freude nicht ganz anmerken zu lassen. Wahrscheinlich bin ich aber schon knallrot angelaufen. Unbemerkt kritzele ich meine Handynummer unter dem Tisch auf die Serviette, als Marc gerade mit den Worten »... wenn wir da eine langfristige Kundenbindung aufbauen können, ist das für uns ein echter Glücksgriff« abschließt und signalisiert, dass er langsam wieder zurück an die Arbeit will. Ich nutze die allgemeine Aufbruchsstimmung, die kurz darauf entsteht, um Moritz meine Serviette zuzuschieben. Er lässt sie schnell verschwinden und zwinkert mir zu – ja, das ist definitiv ein Flirt gewesen!

CLUBBESUCH MIT FOLGEN

Als mir beim Öffnen des Backofens der Flammkuchenduft in die Nase steigt, klingelt es an der Haustür. Im Treppenhaus höre ich Ina schnaufen.

»Hey, schön dich zu sehen. Du bist ja ganz außer Atem!«

»Jedes Mal unterschätze ich die Treppenstufen hier«, japst sie und umarmt mich freudig.

»Der Wein steht im Kühlschrank, Essen ist auch fertig.«

»Sehr gut. Aber jetzt erzähl doch erst mal von diesem Moritz, ich bin schon ganz neugierig!«

Ich berichte Ina ausführlich und dabei schenken wir uns gegenseitig immer wieder Wein nach. Alle fünf Minuten schiele ich währenddessen auf mein Handydisplay – doch keine Nachricht von Moritz.

»Dann ist die Nummer mit Jan also endgültig durch?«, fragt Ina forsch.

Ich nicke.

»Wollen wir bald los?«, beginnt sie ein bisschen zu drängeln. »Wenn wir noch in die eine oder andere Bar wollen, wäre ich stark dafür, ich hab Jonas nämlich versprochen, morgen Nachmittag ins Fußballstadion mitzukommen. Ich kann heute also nicht so ewig machen.«

Noch einmal schaue ich aufs Handy. »Bisher hat Moritz noch nicht geschrieben. Aber wer weiß, vielleicht kommt da auch nichts mehr. Darauf sollten wir nicht warten; du hast recht, lass uns los!«

Wir schlendern durch die Quartiere bis zur Paul-Roosen-Straße. Dabei kichern wir über alles Mögliche; unser Verhalten erinnert mich an pubertierende Teenies. Als mein Handy in der Manteltasche vibriert, ziehe ich es reflexartig hervor – »Moritz hat gerade geschrieben. In welche Bar wollen wir?«, frage ich Ina aufgeregt. In dem Moment zieht sie mich auch schon in einen Hauseingang und öffnet eine große schwarze Tür. Die Musik stülpt sich wie eine Kappe über uns und wir steuern direkt zum Tresen. Ich schicke Moritz unseren Standort und bin gespannt, ob er hier gleich auftauchen wird.

Ina prostet mir nach einiger Wartezeit an der Bar zu: »Auf einen schönen Abend!«

»Cheers«, antworte ich, als plötzlich eine Hand meinen Oberarm berührt. Ich drehe mich zur Seite und blicke in sein Gesicht.

Moritz strahlt mich an. »Hey, Lena! Sorry für die späte Meldung – aber es hat ja zum Glück noch geklappt.«

»Du riechst gut«, hauche ich ihm ins Ohr und ärgere mich sofort darüber, dass mir nichts noch Dämlicheres zur Begrüßung eingefallen ist. Ich beiße mir auf die Unterlippe und hoffe einfach, dass er bei dem Lärm hier drinnen vielleicht gar nichts verstanden hat. Moritz stellt jedenfalls unbeirrt seinen Kumpel Simon vor und ich stelle Ina vor. Das Ganze begießen wir mit einem Tablett ›Kurzen‹.

Immer wieder haften unsere Blicke aneinander, während der Alkoholpegel bei allen stetig steigt. Ina fasst mir an die Schulter und flüstert, dass die Spannung zwischen Moritz und mir kaum auszuhalten sei – und tatsächlich hätte ich nichts dagegen, ihn auf der Stelle zu küssen.

»Ziehst du noch weiter mit den beiden, wenn ich mich bald auf den Weg mache?«, fragt Ina irgendwann, als der Abend schon merklich vorangeschritten ist. »Eigentlich war das keine Frage, Lena, sondern eine Aufforderung«, ergänzt sie dann jedoch mit einem verschmitzten Grinsen. Als sie sich draußen vor der Bar verabschiedet, überlege ich noch. Irgendwie beschleicht mich das Gefühl, ich müsste auf die Jungs aufpassen; Simon hatte vorhin so eine merkwürdige Andeutung gemacht.

»Also, wie siehts aus, Lena?«, fragt Moritz. »Du kommst doch noch mit zur Sternbrücke, tanzen, oder?« – Ich schaue ihn unschlüssig an. Die Anziehung zwischen uns ist so groß, dass ich nur schwer nein sagen kann. Er legt einen Arm um mich und setzt wieder diesen unwiderstehlichen Blick auf – ich möchte zu gern wissen, was das zwischen uns ist ... Von der Sternbrücke bis zu mir nach Hause ist es nicht weit, notfalls kann ich also schnell die Biege machen. Zögerlich gehe ich mit.

Kaum sind wir im Club angekommen, werden wir sofort durch das Stroboskoplicht auf der Tanzfläche eingesaugt und dann beim Übergang in den nächsten Raum wieder hinauskatapultiert. Moritz und Simon schauen sich suchend um.

»Sucht ihr jemanden?«, frage ich.

»Nein ... also, nicht direkt«, weicht Moritz aus. »Ich weiß nicht, ob du es vorhin mitbekommen hast; wir wollen heute unbedingt noch MDMA besorgen. Ab und an bockt das richtig – in Maßen spricht ja nichts dagegen, oder?«

Mein Gefühl von vorhin hat mich also nicht getäuscht. »Ich halte nicht viel davon. Aber klar, wenn ihr das braucht, um besser drauf zu sein ...«, reagiere ich etwas abwertend.

»Ich kann Simon damit jetzt nicht allein lassen«, versucht Moritz eine halbherzige Entschuldigung, aber ich reiße mich zusammen und sage nichts. Sonst verderbe ich nur die Stimmung. Außerdem ist es ja streng genommen auch nicht meine Angelegenheit. Als Simon wieder um die Ecke kommt, gibt er Moritz ein Zeichen und steckt ihm eine Pille zu. Ich schaue weg, als sie sich die Tabletten einwerfen, doch die vorherige gute Laune aufrechtzuerhalten fällt mir jetzt schwer. Simon verabschiedet sich kurzerhand in einen Raum nebenan, aus dem die Lichter nur so blitzen und der Bass dröhnt.

»Meinst du, wir sehen ihn noch wieder?«, frage ich Moritz.

»Glaub ich nicht. Der ist jetzt in seinem Element und zappelt die Nacht – oder besser gesagt den Morgen – durch«, antwortet er schulterzuckend. Dann zieht er mich zu sich heran und küsst mich. Seine Lippen fühlen sich noch besser an als ich es mir vorgestellt hatte. Ich genieße den Moment; es kribbelt so schön. Ich gebe mich noch unzähligen weiteren Küssen hin. Seine Lippen sind der Wahnsinn. Dann löse ich die Umarmung.

»Was ist los?«, fragt Moritz.

»Nichts. Ich würde jetzt nur gerne nach Hause.«

Er nimmt meine Hand und wir holen unsere Jacken von der Garderobe. Obwohl wir nur wenige Straßen von meiner Wohnung entfernt sind, suche ich das nächste Taxi auf. Moritz nimmt neben mir Platz und ich lasse meinen Kopf auf seine Schulter sinken.

Vor meiner Haustür steigen wir aus. Wieder bin ich unsicher: Möchte ich das? Es ist eigentlich schon komisch genug. Wenn wir jetzt auch noch miteinander schlafen – wie wird das dann beim Wiedersehen am Montag? So eine Situation hatte ich bisher noch nicht. Andererseits habe ich es die ganze Zeit über sehr genossen, mit ihm zusammen zu sein und mir auch gewünscht, dass wir uns körperlich näherkommen. Aber ist es jetzt vielleicht doch zu nah?

Im Flur küssen wir uns weiter. Mit jedem Kuss wird es intensiver. Wir ziehen uns aus und ich genieße es, wie er meine Brüste berührt und küsst. Ich kann es nicht mehr aushalten, kann und will jetzt nicht mehr zurück; ich will mich ganz fallenlassen, auch wenn er in seinem Rausch eventuell ganz anders fühlt als ich gerade. Doch wir können nicht voneinander lassen und jede Berührung lässt mich erglühen. Irgendwann liegen wir verschwitzt nebeneinander und schlafen schließlich völlig erschöpft und eng umschlungen ein.

Als ich am frühen Nachmittag aufwache, schläft Moritz noch. Ich will ihn nicht wecken und tapse vorsichtig aus dem Schlafzimmer in Richtung Bad. Die Dusche rüttelt mich vollständig wach. Ins Handtuch eingehüllt schnappe ich mir mein Handy vom Küchentisch. Eine Nachricht von Ina blinkt auf; sie will wissen, wie der Abend noch war. Ich antworte ihr, dass ich mich später melde.

»Moin«, begrüßt Moritz mich einsilbig, als er halbnackt zu mir in die Küche geschlurft kommt und sich dann auf einen der Stühle fallen lässt. »Puh, ich bin ganz schön im Arsch«, ergänzt er nach kurzem Schweigen.

»Also mir gehts nach der Dusche wesentlich besser. Magst du ein Glas Wasser?«

Er nickt stumm. Sein Gesicht ist fahl und sein Strahlen von gestern verschwunden.

»Ich kann uns auch einen Kaffee machen.«

Er nickt wieder.

Ich setze mich ihm gegenüber, während der Kaffee vor sich hin köchelt. Wir wechseln ein paar Worte, aber ein richtiges Gespräch entsteht nicht. Er schlüpft in seine Jeans und drückt mir kurz darauf zum Abschied einen Kuss auf die Wange. Den Rest des Sonntags höre ich nichts von ihm.

Als ich später mit Ina telefoniere, denke ich laut darüber nach, mich bei ihm zu melden und nachzufragen, ob es ihm inzwischen besser geht. Ina rät mir davon ab. »Er wird sich wohl erst mal erholen müssen, und wahrscheinlich lauft ihr euch dann sowieso im Office über den Weg«, sagt sie. – Genau das wollte ich bisher verdrängen. Eigentlich will ich mich deswegen zwar nicht verrückt machen, aber ich fürchte, ich habe schon längst damit angefangen. Immerhin sind wir keine richtigen Kollegen, versuche ich mich selbst zu beruhigen. Und ich bereue die Nacht auch nicht. Na ja, noch nicht …

TEEKÜCHE II

Der Wecker klingelt. Eine halbe Stunde ist noch drin, denke ich, während meine Hand im Halbschlaf die Zeiger weiterdreht. Beim Aufstehen sind meine Augenlider dennoch schwer. In der Küche setze ich einen starken Espresso auf. Wie es wohl wird, wenn ich Moritz später begegne? Ich ziehe meinen Parka an und stürme die Treppe hinunter und zur Arbeit. Sassi begrüße ich nur flüchtig, als sie mir auf dem Flur entgegenkommt; ich rausche mehr oder weniger an ihr vorbei, denn einem möglichen Gespräch über das Wochenende möchte ich um jeden Preis aus dem Weg gehen. Auf keinen Fall sollen die anderen im Büro von der Sache mit Moritz Wind bekommen.

Mittags in der Küche pocht mein Herz unüberhörbar. Als Moritz schwatzend hereinkommt, versuche ich mich angeregt am Gespräch meiner Kolleginnen zu beteiligen, um meine Unsicherheit zu überspielen. Trotzdem treffen sich unsere Blicke flüchtig und ich spüre, dass er ebenso angespannt ist. Kurz hebt er grüßend die Hand und vertieft sich dann in die Unterhaltung mit seinem Gegenüber am anderen Ende des langen Tisches. Allmählich entspanne ich mich. Ab und an versuche ich dann zwar, mich in unserer Runde einzubringen, allerdings bleibt meine Aufmerksamkeit an Moritz haften. Chris aus unserem Büro gibt währenddessen lustige Storys über seinen Hund zum Besten. Ich höre mit halbem Ohr zu, gelegentlich bringt mich der eine oder andere Fetzen, den ich aufschnappe, auch zum Schmunzeln. Doch jedes Mal, wenn ich zu Moritz herüberschaue, treffen sich unsere Blicke. Wieder steigt dieses Kribbeln in mir auf. Ich beginne mir auszumalen, wie ich reagieren soll, wenn er nach einem Treffen fragt, doch ich komme zu keinem richtigen Entschluss und bin hin- und hergerissen. Dabei kann ich gar nicht sagen, woran es konkret liegt – aber warum sich auch den Kopf über etwas zerbrechen, was noch gar nicht ansteht …

»Was gibts denn bei euch eigentlich so Lustiges?«, fragt ein Kollege von Moritz in unsere Runde.

»Ach, nur ein paar Videos von meinem Hund. Wollt ihr mitgucken?«, winkt Chris die drei zu uns herüber.

»Darf ich?«, fragt Moritz und setzt sich auf den freien Stuhl neben mir.

Ich nicke und lächele ihn an. Die Situation ist mir unangenehm.

»Hattest du einen entspannten Sonntag?«, flüstert er, sodass die anderen am Tisch es nicht hören können.

»Ja, ich hab aber nichts Besonders mehr gemacht, nur Serien geschaut. Und bei dir?«

»Ähnlich. Meinetwegen hätte das Wochenende auch noch einen Tag länger sein können«, beklagt er sich.

Die Stimmung lockert sich auf oder war es vielleicht auch schon die ganze Zeit – nur ich war es eben nicht. Es könnte fast eine normale Mittagspause sein, wenn ich die Geschehnisse vom Wochenende ausblende. Mit der Zeit wird es sicher auch wieder ganz normal werden, kann ich mich inzwischen beruhigen.

»Hast du noch einen anstrengenden Arbeitstag vor dir?«, versucht Moritz unser Gespräch aufrechtzuerhalten, während die anderen sich weiter über die Hundevideos amüsieren.

»Ach, nichts Wildes. Unsere Chefs sind erst Mittwoch zurück, bis dahin bleibt es hoffentlich ruhig.« – Wir tauschen noch ein paar bedeutungslose Sätze aus und ich gewinne mehr und mehr Lockerheit dabei.

»Na gut, ich muss dann auch mal wieder zurück«, verabschiedet Moritz sich. Ich bleibe noch einen Moment sitzen.

Von meinem Arbeitsplatz aus schaue ich durchs Fenster und beobachte die Blätter, wie sie durch die Luft gewirbelt werden. Meine Gedanken kreisen dabei immer wieder um Moritz. So richtig in Schwung komme ich heute nicht. Es strengt mich an, meine Augen auf den Bildschirm gerichtet zu lassen. Als sie mir gegen siebzehn Uhr schließlich fast zufallen, schnappe ich meine Sachen und mache mich auf den Heimweg.

»Packst du auch schon?«, fragt Juliana, als wir im Flur aufeinandertreffen.

»Ja, ich bin schon den ganzen Tag unfassbar müde und erschlagen. Morgen bin ich wieder voller Power.«

»So gehts mir auch. Hab einen schönen Feierabend!« – Wir verabschieden uns und ich sehe mich in Gedanken bereits auf dem Sofa sitzen oder – noch besser – im Bett liegen.

Als ich zuhause das Fahrrad im Keller anschließe, vibriert mein Handy. Es ist eine Nachricht von Moritz: »Wollen wir übermorgen in der Schanze Pizza essen gehen?«, fragt er. Ich finde die Idee süß. Allerdings habe ich auch meine Zweifel, ob ich ein Date mit ihm möchte. Mein Bauchgefühl zeigt mir keine klare Tendenz an, wie ich mich verhalten soll. Aber eines ist mir inzwischen immerhin klar: In der Vergangenheit habe ich einige meiner Entscheidungen vorschnell getroffen, vielleicht weil ich mich unter Druck fühlte oder selbst zu ungeduldig war. Diesmal, beschließe ich, möchte ich es anders machen und schiebe das Handy für den Moment zurück in meine Tasche. Ich werde die Nachricht bis morgen ruhen lassen und Moritz erst dann antworten.

EIN LEUCHTEN AM HIMMEL

Immer wieder verwerfe ich die Worte in meiner Mail an den Kunden – mir will so recht einfach keine Formulierung gelingen. Als ich gerade einen Ansatz gefunden habe, klingelt mein Handy. Es ist meine Mutter. Nachdem ich aufgelegt habe, zittere ich am ganzen Körper. Ich ringe nach Luft und muss die Augen für einen kurzen Moment schließen. Als ich sie wieder öffne, ist die unfertige Mail auf dem Bildschirm vor mir immer noch da – aber unwichtig. Die Worte meiner Mutter hallen in meinem Kopf in einer Endlosschleife nach: Oma ist tot.

Ich kann es nicht glauben. Das kann nicht sein. Sie hat friedlich in ihrem Bett gelegen und ist einfach nicht mehr aufgewacht, hat Mama mir ganz ruhig erzählt. Ich versuche mir einzureden, dass das gerade nur ein böser Traum sei und zwicke mich, um sicherzugehen, in den Arm. Doch es ist keiner, es ist die bittere Wahrheit ... Reglos sitze ich für einige Minuten da und starre abwechselnd auf den Bildschirm und mein Handy. Ich überlege, noch einmal bei meiner Mutter anzurufen, weil es mir so unwirklich erscheint, dass Elfriede nicht mehr da sein soll – noch vorgestern haben wir telefoniert und über ein baldiges Wiedersehen gesprochen. Wir wollten Waffeln backen. Und jetzt? Ist es vorbei, einfach so? Ich hätte gern noch mehr Zeit mit ihr verbracht und mich für die Wärme und Zuversicht bedankt, die sie mir gegeben hat. Ich konnte mich nicht von ihr verabschieden.

Wie mechanisch steuere ich auf das Büro von Tina zu, aber bekomme kaum ein Wort heraus, als ich vor ihr stehe. »Du bist ja ganz aufgelöst, was ist denn los, Lena?«, fragt sie besorgt und reicht mir eine Box mit Taschentüchern. Doch ich schaffe es nicht mehr, eines herauszuziehen, bevor ich in unkontrolliertes Schluchzen ausbreche und mir fast die Knie wegsacken. Tina fängt mich halb auf und nimmt mich in den Arm. Die Tränen rinnen mir dabei nur so übers Gesicht. Ich mache mir keine Mühe, sie zurückzuhalten oder abzuwischen. Der Schmerz, der sich in mir breitmacht, wird mir erst allmählich richtig bewusst. Wahrscheinlich könnte ich ewig so weiterweinen, doch als ich vor Erschöpfung etwas ruhiger werde, versucht Tina es noch einmal mit den Taschentüchern. »Am besten gehst du jetzt erst mal nach Hause«, sagt sie. »Wenn du morgen auch noch frei brauchst, schreib mir nachher einfach eine kurze Nachricht, okay?« Ich nicke abwesend und verlasse wortlos das Büro.

Wie in einem Trancezustand stehe ich unten vor dem Gebäude und weiß nicht so recht, wohin mit mir. Ich fühle mich orientierungslos, kann nichts tun. Sie ist nicht mehr da. Ich hole mein Handy aus der Tasche, weil ich Oma anrufen will, stecke es wieder ein. Ob ich Maria jetzt anrufen kann? Es ist zu früh, sie ist noch bei der Arbeit – ich schicke ihr eine kurze Nachricht. Die Buchstaben verschwimmen dabei vor meinen Augen und es fällt mir schwer, die wenigen Worte zu tippen, ohne erneut aufzuschluchzen. Immer noch habe ich keine Idee, wohin ich gehen soll. Ziellos streife ich umher. Vielleicht wäre ein Kaffee jetzt gut, oder ein Tee? Aber ich will und kann noch nicht zur Ruhe kommen. Ich gehe durch die Straßen wie durch Nebelschleier, biege links ab, dann wieder rechts und habe weiterhin kein Ziel vor Augen. Doch etwas zieht mich in Richtung des Michels. Als Kind bin ich dort einmal mit Oma gewesen – ein Ort, an dem ich jetzt gerade vielleicht eine, wenn auch unscheinbare, Verbindung zu ihr finden kann. Es ist noch ein ganzes Stück bis dorthin, aber das macht mir nichts aus. Ich drifte weiter und nehme um mich herum kaum etwas wahr.

Ich löse ein Ticket, um auf den Turm zu steigen. Seit meiner Kindheit bin ich, soweit ich weiß, nicht noch einmal hier gewesen. Zumindest ist der Besuch mit Oma die einzige Erinnerung an den Michel, die ich habe. Mit jeder Stufe, die ich nehme, komme ich dieser Erinnerung näher. Oben ist der Himmel bereits grau; es wird bald dunkel. Ich schaue auf die Lichter der Stadt. Der leichte Schleier, den ich noch immer vor meinen Augen habe, lässt sie zu hellen Umrissen im wattierten Dunkel verschwimmen. Dennoch wirkt alles friedlich und unverändert – ein zugleich beruhigender und beunruhigender Gedanke. Ich fühle mich so leer und verloren, doch rundherum dreht sich alles einfach weiter wie gewohnt. Als die Glocken läuten, starre ich in den immer dunkler werdenden Himmel. Ich bilde mir ein, dass es darin für einen Sekundenbruchteil gerade hell aufgeleuchtet hat und fühle mich von Omas Wärme umarmt. Kurz darauf wird es jedoch eiskalt. Hastig steige ich die vielen Stufen hinab und muss aufpassen, dabei nicht zu stolpern.

Im Innern der Kirche komme ich an den Opferkerzen vorbei. Ich halte inne und entzünde eine davon. Während ich in die Flamme schaue, sehe ich Opa vor mir, wie er Oma in die Wange zwackt – und Oma, wie sie ihm nicht böse sein kann, sondern selig lächelt. Glücklich schauen die beiden aus. Nun sind sie zehn Jahre später wieder vereint, denke ich und wische mir mit dem Handrücken die Tränen vom Gesicht. Ich spüre einen tiefen Schmerz in der Brust, doch gleichzeitig bin ich auch erleichtert: Opa kann Oma jetzt wieder in die Wange zwacken. Ich löse mich von den Lichtern und stecke eine weitere Opferkerze in die Tasche, obwohl ich dafür gerade noch gar keine Verwendung habe.

Für einen Kaffee ist es inzwischen zu spät geworden. Aber ich fühle mich jetzt bereit, nach Hause zu fahren, um mich dort in meinen kleinen Kokon zu verkriechen. Mir ist zwar schmerzlich bewusst, dass ich mich der Situation stellen muss – aber nicht mehr heute.

Ich liege auf dem Sofa und starre an die Decke, während meine Gedanken um Oma Elfriede kreisen. Alles wirkt greifbar nah und doch so fern. Immer wieder verschwimmen die Bilder und Worte in meinem Kopf. Ich schrecke hoch, als das Handy klingelt.

»Ja?«

»Lenchen, ist alles okay bei dir?«, fragt meine Mutter.

»Okay, ja, ich ... ich kann es nur noch nicht fassen.«

»Ich auch nicht«, presst meine Schwester hervor, die auch in der Leitung ist, und fängt an zu weinen.

»Wir wollen versuchen, die Trauerfeier am Wochenende zu organisieren«, kündigt Mama an.

»So schnell?«, werfe ich ein. »Ich weiß nicht, ob ich bis dahin schon soweit bin.«

»Aber macht es das irgendwie besser, wenn wir länger damit warten?«

»Nein, aber ...« Ich stocke und möchte die Worte, die folgen, am liebsten vermeiden. »Sie ist doch heute erst gestorben«, bringe ich kraftlos hervor. – Es tut einerseits gut, mit den beiden zu sprechen und sich auszutauschen, andererseits ertrage ich das gemeinsame Weinen nur schwer. Trotzdem wäre ich jetzt lieber bei Julia und Mama. Ich würde sie gern umarmen und mich an ihnen festhalten.

»Ich melde mich morgen bei dir, wenn ich weiß, ob wir die Beerdigung am Wochenende schon machen können«, schließt meine Mutter nach einiger Zeit, als alle sich etwas beruhigt haben, das Gespräch. »Und Lena – ich drück dich«, fügt sie im Flüsterton noch hinzu.

»Ich euch auch«, antworte ich, bevor ich kraftlos mein Handy aus der Hand gleiten und mich wieder in die Rückenlage fallen lasse, den Blick zur Decke gerichtet. Endlich schweifen die Gedanken für einen Moment ab; mir fällt ein, dass ich Moritz bisher noch gar nicht geantwortet habe. Ich sammle das

Handy vom Boden auf und schreibe ihm kurz und knapp, was passiert ist, dass ich jetzt Zeit für mich brauche und mich in den kommenden Tagen wohl erst einmal nicht melden werde.

Es ist Freitag. Ich sitze im Zug Richtung Heimat – nur diesmal würde ich am liebsten die Notbremse ziehen. Einfach aussteigen und davonlaufen. Alles erscheint mir immer noch wie ein Film, der vor meinen Augen abläuft. Mal rasend schnell, mit viel Handlung und dann wieder stumm und nur aus Rückblenden bestehend, die die schönen Momente mit Oma und Opa in ein irgendwie sepiafarbenes Licht tauchen. Muss die Beerdigung wirklich jetzt schon sein? Hätten wir nicht erst noch den Schock etwas mehr verarbeiten können? Mama hat sich in den letzten Tagen fast wie ein Roboter aufgeführt. Aber irgendwie ist es auch verständlich, schließlich hat sie durch ihren Job von uns allen die meiste Erfahrung mit dem Tod und kennt sich auch mit den organisatorischen Abläufen aus. Auf eine Art bewundere ich sie dafür. Alles in mir sträubt sich aber, diesen letzten Gang anzutreten.

Die Erinnerungen an Opas Beerdigung sind vage; ich habe sie wohl verdrängt. Auch der Friedhof ist für mich kein Ort, an dem ich mich ihm nah gefühlt habe – das war immer in Omas Küche. Die Vorstellung, dass Oma in einem Sarg liegt und wir nicht gemeinsam auf ihrem Sofa oder vor ihrem Häuschen sitzen können, um Kaffee zu trinken, ist für mich noch völlig fern. Ich versuche mich abzulenken und schaue aus dem Fenster, ohne dabei jedoch etwas zu sehen. Ich greife in das vordere Fach meines Rucksacks, dort habe ich das Teelicht aus dem Michel verstaut; vielleicht gebe ich es Oma mit, wenn sie in die Erde gelassen wird. In mir zieht sich wieder alles zusammen. Mit zittrigen Händen setze ich meine Kopfhörer auf und starte mit Musik einen neuen Ablenkungsversuch, doch mit jedem Kilometer, den der Zug sich dem Ziel nähert, fühle ich mich unwohler.

Am Bahnhof warten Mama und Julia auf mich. Beide haben diese Leere in ihren Blicken – wir umarmen uns stumm und dann kann keine von uns mehr ihre Tränen zurückhalten. Wahrscheinlich stehen wir eine ganze Weile so zusammen da. Ich spüre, wie ich entweder vom milden Wind oder der Angst vor der Beerdigung eine Gänsehaut bekomme. Wir lösen uns und steigen wortlos ins Auto. Auf der Fahrt verkrampfe ich und möchte die Augen am liebsten geschlossen halten. Die körnige Musterung auf meiner Haut bleibt noch eine ganze Weile bestehen.

»Wollen wir noch mal zu dritt rüber zu Omas Haus?«, fragt Mama beim Abendessen vorsichtig in Julias und meine Richtung. Ich kaue gerade auf einer Gurke herum und hatte sowieso darüber nachgedacht, mich noch einmal auf die Bank vor dem Haus zu setzen. Die Idee, das zu dritt zu machen, gefällt mir sehr. Die Ruhe und Gefasstheit, die meine Mutter uns gerade vermittelt, überraschen mich – obwohl das vermutlich täuscht und sie sich, wie so oft, selbst zurücknimmt, um für uns stark zu sein. Vielleicht ist es unfair, aber nach genau dieser starken Schulter sehne ich mich gerade tatsächlich.

»Hast du dir schon Gedanken über das Haus gemacht?«, frage ich in die Stille hinein, die ansonsten gerade allein dem Rauschen der Bäume zu gehören scheint. Julia schaut mich irritiert an. – »Nein, Leni, darüber denke ich nach, wenn wir den morgigen Tag hinter uns haben.« Sie versucht sich dabei in einem milden Lächeln.

Ich schlüpfe in meinen schwarzen, wadenlangen Faltenrock und streiche meine Bluse noch einmal glatt. Es klopft an der Badezimmertür.

»Lena?«

»Ja. Moment, ich bin gleich fertig.«

»Kann ich reinkommen?«

Es ist ewig her, dass Mama mich beim Zurechtmachen im Bad gestört hat. »Ich wollte dir noch was geben.« Sie schluckt. In der Hand hält sie Omas Amulett. »Oma hätte gewollt, dass du es nimmst«, sagt sie, drückt es mir in die Hand und legt dabei kurz ihre Hand um meine.

»Kannst du es mir umbinden?«, frage ich zögerlich.

»Wir müssen los«, ruft Julia von unten.

»Wir kommen«, antwortet meine Mutter.

Auf dem Friedhof nehme ich die vielen Leute um mich herum kaum wahr. Auch die Umarmungen und das ständige Händeschütteln ziehen wie an mir vorbei. Das monotone Tröpfeln des einsetzenden Regens hingegen spüre ich ganz deutlich – und das Amulett um meinen Hals. Auch wenn ich es unter der Bluse trage. Leicht wiegt es in meinem Dekolleté hin und her und gibt mir dabei Kraft. In der Kapelle halten Julia und ich uns an den Händen. Es spendet mir Trost, dass wir beide gerade ähnlich empfinden und dadurch verbunden sind – vielleicht mehr als ich manchmal denke.

Zum vereinbarten Zeitpunkt stehe ich auf und stelle die kleine Kerze aus dem Michel vorn an den Sarg. Die Idee war mir gestern Abend auf der Bank vor Omas Haus gekommen. Eigentlich wollte ich sie gleich wieder verwerfen, weil ich Angst hatte, es könnte mir zu viel werden in der Situation, aber Julia und Mama waren so begeistert von dieser kleinen Geste, dass sie mich überzeugen konnten. Meine Knie sind beim Aufstehen weich und ich kann mich kaum halten. »Es ist zwar ein Abschied für immer, aber unsere Verbindung bleibt trotzdem«, murmele ich kaum hörbar am Sarg. Mit gesenktem Kopf flüchte ich mich wieder neben Julia. Sie drückt meine Hand ganz fest in ihre. Ich bin erleichtert, mich wieder setzen zu können und sacke leicht zusammen.

Der Sarg wird aus der Kapelle getragen. Jeder Ton der Musik ist dabei wie ein Paukenschlag, der mich dorthin treibt, wovor ich mich am meisten gefürchtet habe: das Verschwinden des Sargs in der Erde. Erinnerungsfetzen an Opas Beerdigung tauchen auf – Oma war von einem meiner Onkel gestützt worden und immer wieder zusammengesackt. Ich greife nach dem Amulett an meinem Hals und atme tief durch. Der Gang aus der Kapelle zur Grabstelle bietet keine Möglichkeiten zum Abbiegen, es gibt nur den einen Weg gerade darauf zu. Als Oma in die Erde gelassen wird, fange ich bitterlich an zu weinen. Ich möchte davonrennen, aber Julias Hand hält mich. Sie ist es, die mich nun stützt.

Ich fange mich wieder, denke daran, dass Oma jetzt bei Opa sein kann – beide Namen stehen vereint auf dem Grabstein – und stelle mir vor, wie die beiden sich in die Arme schließen. Für einen kurzen Augenblick lässt mein Schmerz nach, sodass ich auch die Beileidsbekundungen aller Anwesenden ertragen kann, die wie Schemen an mir vorbeiziehen. Mein Onkel klopft mir aufmunternd auf die Schulter mit den Worten: »War nicht leicht für dich, nach vorne zu gehen, was?« – Statt zu antworten nicke ich nur kurz und merke, wie erschöpft ich bin. Als wir ins Auto steigen, lächelt Mama mir sanft zu. Ich bin einfach nur erleichtert, dass es vorbei ist.

Auf der Rückfahrt im Zug ziehen die Schatten der Landschaft wieder an mir vorbei – wie alles während der letzten Tage. Zum Abschied habe ich meine letzten Kräfte aufgebracht, um Mama und Julia noch einmal fest in die Arme zu schließen. Die beiden haben mir sehr geholfen, den heutigen Tag zu überstehen. Mit dem Amulett in meinen Händen kann ich den Gedanken leider nicht mehr beiseiteschieben, dass ich nur warten muss, bis die Blase platzt und alles wie immer sein wird. Allerdings habe ich das Gefühl, dass ich diese Wahrheit nun Stück für Stück annehmen kann. So gern würde ich trotzdem noch einmal hoch auf den Michel, um wieder Omas Nähe zu spüren, aber dafür ist es bei meiner Ankunft in Hamburg bereits viel zu spät. Das Auf-und-ab-Wippen der Kette macht mir jedoch deutlich, dass ich die größte Nähe nun direkt um meinen Hals trage ... *Ach, Oma – du fehlst.*

GRAU UND LEER

Der Tag im Office hat mich abgelenkt. Während der Mittagspause konnte ich sogar über den einen oder anderen flachen Witz schmunzeln. Moritz habe ich heute nicht gesehen und versuche ihm auch möglichst aus dem Weg zu gehen. Im Moment kann ich das nicht. Ich habe gerade schmerzlich eine Konstante in meinem Leben ungewollt hergeben müssen – und dann parallel die Nähe zu jemandem aufbauen? Danach ist mir nicht. Während ich auf dem Rad zum Michel strampele, massiert der Sprühregen sanft mein Gesicht. Die an mir vorbeiziehenden Bäume haben ihr Laub vollständig verloren. Sie lassen los, um sich auf den Winter vorzubereiten.

Loslassen – wieder so eine yogische Weisheit. Wahrscheinlich muss auch ich loslassen, damit etwas Neues entstehen kann. Ich verstricke mich in dem Gedanken, bis ich auf dem Vorplatz der Kirche ankomme. Drinnen entzünde ich, wie schon beim letzten Mal, als ich hier war, ein Teelicht und beobachte für eine Weile seine Flamme. Oma Elfriedes Amulett trage ich um den Hals. Es ist schön, hier in Hamburg einen Ort gefunden zu haben, an dem ich mich ihr ab und an besonders nah fühlen kann. In nächster Zeit werde ich sicher noch öfter hierherkommen, um Stück für Stück loszulassen – auch wenn mich eigentlich nie etwas mit der Kirche verbunden hat. Wirklich erinnern kann ich mich nur an das Krippenspiel und wie Mama und Oma mir dafür aus einem alten Bettlaken ein Kleid mit vielen goldenen Sternen gebastelt haben.

Die schwere Holztür fällt laut knarzend hinter mir zu und mit dem Heraustreten bin ich vollends zurück in der Realität. Auf dem Rad pfeift mir der Wind nur so um die Ohren und der

Regen peitscht inzwischen heftig dazu. Ich streife eine nasse Haarsträhne aus dem Gesicht und trete energisch in die Pedale, um so schnell wie möglich nach Hause zu kommen, wobei mich mein Weg an der Reeperbahn und dem angrenzenden Spielbudenplatz vorbeiführt. Für einen kurzen Moment bilde ich mir ein, den Geruch von Schmalzgebäck und Glühwein wahrnehmen zu können – lange dauert es nicht mehr, bis der Weihnachtsmarkt öffnet. In Hannover habe ich es immer geliebt, dort mit Freunden Glühwein zu trinken. Ob es hier in Hamburg auch so schön werden kann?

Doch dann sticht es mitten in mein Herz hinein: Wie wird es wohl werden, Weihnachten ohne Oma? Früher hat sie jedes Jahr tagelang in der Küche gestanden, um das Essen vorzubereiten. Nicht einmal Opa durfte ihr dabei unter die Arme greifen, denn sie wollte alles alleine schaffen – nur um dann jedes Mal aufs Neue festzustellen, dass sie im kommenden Jahr wohl doch Unterstützung brauchen würde. Zum Glück hat sie die Hilfe in den letzten Jahren dann aber auch wirklich angenommen. Und ihre Plätzchen ... die besten Vanillekipferl weit und breit! Mama hat bisher immer an Heiligabend bis zum Nachmittag noch im Hospiz gearbeitet. Freiwillig. Sie wollte, dass dort auch alle ein schönes Weihnachten haben. Und Julia war in den letzten Jahren meistens in Hausarbeiten verstrickt oder versuchte sich für die Klausuren im Januar vorzubereiten. Wenn sich dann aber endlich die Familie zum Weihnachtsessen versammelte und Rudi nervös um den Tisch herumwurschtelte, weil er die ganze Aufregung gar nicht verstehen konnte – dann waren alle glücklich. Und dieses Jahr? Unvorstellbar.

Schon seit Tagen hatte Ina krampfhaft versucht, mich zu motivieren, mit ihr ins Yogastudio zu gehen. Sie meinte, das würde mich aufmuntern. Bisher ist mir aber einfach nicht danach gewesen. Mir war mehr danach, die Sofadecke über den Kopf zu ziehen und kitschige Filme zu schauen. Nur nicht nachdenken. Schließlich habe ich mich aber von ihr breitschlagen lassen, denn natürlich ist es keine Dauerlösung, allabendlich mit seiner heißen Schokolade dazusitzen und sich diese Schnulzen anzuschauen. Für den Moment war das aber genau, was ich wollte: eine kurze Auszeit von meinem Leben, um das Geschehene zu verarbeiten.

»Schön, dass du heute mal wieder mitgekommen bist«, lächelt Ina mir nach der Stunde zu.

»Danke, dass du mich überredet hast«, gebe ich zurück. »Es hat gutgetan, mal was anderes zu machen als den Abend zuhause zu verbringen.«

»Dann bist du jetzt wieder fest dabei?«, grinst sie voller Erwartung.

»Ja, ich denke schon«, antworte ich und kann mich dabei auch erstmals wieder zu einem Lächeln durchringen. Innerlich wie äußerlich bin ich nach dieser wunderbaren Stunde angenehm wach. Während der Praxis habe ich gemerkt, wie sehr mir das Yoga in den letzten Wochen doch gefehlt hat. Mitzukommen war die richtige Entscheidung, um wieder neue Energie für meinen Alltag zu gewinnen. Und ich habe direkt Vorfreude auf das nächste Mal verspürt – ein intensives Gefühl, wie ich es zuletzt bei keiner Aktivität mehr hatte. Alles war nur noch an mir vorbeigezogen und es fehlte mir das Innehalten, um die Dinge annehmen zu können, die mir Freude bereiten. Das hat sich heute Abend geändert – Ina sei Dank.

Mit Blick auf die Weihnachtszeit startet in dieser Woche eine neue Kampagne bei der Arbeit. Ich habe richtig Lust, mich dafür ins Zeug zu legen, denn die Gelder, die dabei zusammenkommen, sollen an das Hospiz gespendet werden. Das ist für mich ein Ansporn, um möglichst viele Kunden zum Mitmachen zu animieren – und auch eine willkommene Ablenkung.

»Gut siehst du heute aus, so voller Energie«, begrüßt Marc mich morgens im Flur von der Kaffeemaschine aus.

»Danke«, entgegne ich grinsend. »Ich bin gestern endlich mal wieder beim Yoga gewesen, das hat meine Energiespeicher aufgefüllt – in einer Stunde hast du meine neuen Ergebnisse und Ideen für die Weihnachtskampagne!«

Marc staunt nicht schlecht. »Freut mich, dich heute so fröhlich zu sehen«, ruft er mir noch nach, aber da bin ich schon fast an meinem Desk.

Moritz und ich haben in den letzten Tagen wieder öfter ein bisschen in der Teeküche geplaudert, was ganz nett war. Mehr allerdings auch nicht. Wir haben zwar nicht mehr darüber gesprochen, doch mein Eindruck ist, dass ein stilles Übereinkommen besteht, was die Einmaligkeit unseres Dates und der anschließenden Nacht angeht. Wenn es ihm ein Anliegen gewesen wäre, dann hätte er sicher noch einmal nach einem Treffen gefragt – aber da kam nichts mehr von ihm. Auch ich kann inzwischen sagen, dass ich nicht interessiert bin. Es wäre sowieso nichts aus uns geworden, da bin ich mir ziemlich sicher. Das mit Moritz war also lediglich ein One-Night-Stand. Ina hat mir zwar geraten, mich wenigstens noch einmal mit ihm zu treffen, um die Sache final für mich zu klären, aber durch Omas Tod hatte ein Date zuletzt keine Priorität für mich – selbst als Ablenkungsmanöver nicht. Zum ersten Mal war es mir tatsächlich wichtiger, Zeit mit mir selbst zu verbringen. Um trauern zu können. Ich werde langsam besser darin, auf mein Bauchgefühl zu hören, auch wenn ich noch nicht hundertprozentig treffsicher dabei bin – ob es mir zum Beispiel aus Angst vor Veränderung von etwas abrät oder weil es wirklich die falsche Entscheidung wäre.

Das Vertrauen in mich und meine Intuition war lange eine Angelegenheit, mit der ich meine Schwierigkeiten hatte. Mittlerweile merke ich es aber meist recht schnell, wenn ich einem

Gefühl nacheifere, das ich gar nicht wirklich fühle. Es fällt mir leichter, mein eigenes Verhalten zu hinterfragen und mit Dingen abzuschießen, um Neues daraus erwachsen lassen zu können. Und mittlerweile schaffe ich es sogar, etwas mehr Gelassenheit in mein Leben zu bringen – aber wer weiß, vielleicht kommt das mit den Jahren ja auch einfach von selbst ... Dennoch taucht eine Frage immer wieder auf: *Was will ich eigentlich?*

Besonders abends, wenn ich im Bett liege, grübele ich manchmal noch stundenlang darüber nach, doch finde keine zufriedenstellende Antwort. Was ich nicht will, ist wesentlich einfacher zu sagen. Im Moment möchte ich jedenfalls keine weiteren Dates. Abgesehen davon, dass ich seit Omas Tod sowieso keinen Kopf dafür habe und Moritz jetzt auch nicht gerade der große Wurf war, ist da diese Angst, wieder enttäuscht oder verletzt zu werden. Wahrscheinlich gibt es immer noch Anteile in mir, die die furchtbare Kränkung durch Martin nicht ganz verarbeitet haben. Mit dieser Angst im Hinterkopf ist eine wirkliche Verbindung sowieso nicht möglich – und Dating einfach nur als Hobby zu betreiben, widerstrebt mir. Ich brauche also eine Dating-Pause! Vielleicht fällt es mir dann auch leichter, meine Frequenz anschließend wieder auf Liebe einzustellen – oder zumindest den zufälligen Suchlauf hin und wieder durchlaufen zu lassen.

Tatsächlich hat Maria mir schon öfter diesen Vorschlag gemacht; eine Bekannte hat ihr mal davon erzählt, wie gut so eine Ruhephase tun kann. Bisher habe ich aber meistens nur abgewunken und gesagt, man muss die Dinge einfach so nehmen, wie sie kommen. Jetzt bin ich allerdings im richtigen Modus für dieses kleine Experiment. Abends hole ich mein Tagebuch unterm Bett hervor und schreibe hinein: *Sich für etwas zu entscheiden ist schwerer als gegen etwas und erfordert mehr Mut – Sei öfter mal mutiger!*

»Ich bin bereit.«

»Wofür?«, fragt Maria verdutzt bei unserem regelmäßigen Telefonat ein paar Tage darauf.

»Ich hab über eine Dating-Pause nachgedacht. Das möchte ich jetzt machen.« Auch wenn ich Maria nicht sehen kann, bin ich mir sicher, dass sie sich gerade ein Lachen verkneift.

»Und, wie lange willst du durchhalten? Vier Wochen?«

»Bis zum Jahresende«, erwidere ich trocken.

Kurze Stille in der Leitung.

»Okay ... Also ich wette mit dir, dass du dieses Jahr noch jemandem begegnest!«

»Ach ja? Um ein Pizzaessen?«, erwidere ich selbstsicher.

»Gebongt. Aber der Wein dazu geht auch auf dich!«, antwortet Maria – und plötzlich ist aus meiner Dating-Pause eine Wette geworden.

»Angenommen!«

»Ach so, sag mal, bist du eigentlich bei der Silvesterparty hier bei uns zuhause dabei?«, will Maria mittendrin wissen.

Ich zögere: »Ich bin mir noch unsicher. Vielleicht fahre ich dieses Jahr auch zu meiner Mutter.«

Maria wirkt etwas enttäuscht, zeigt sich aber verständnisvoll: »Das wäre wirklich schade, aber ich kann auch verstehen, wenn du dieses Jahr lieber dort sein möchtest.«

»Ich entscheide das spontan nach meinem Bauchgefühl, okay?«, schiebe ich noch nach.

»Klingt vernünftig. Wie geht's dir denn sonst aktuell so?«

»Ach, ganz okay«, antworte ich knapp. »Aber erzähl doch lieber, was genau der Plan für Silvester sein soll; gibt es ein Motto? Ehrlich gesagt bin ich ganz froh, wenn ich meine Gedanken auch mal in eine andere Richtung lenken kann ...«

Unsere Telefonate sind meistens sehr unterhaltsam. Egal mit welcher Laune oder mit welchen Sorgen ich in das Gespräch gehe – danach fühle ich mich eigentlich immer besser als vorher. Trotzdem bleibe ich heute etwas nachdenklich zurück und hoffe auf mehr Klarheit durch meinen Vorsatz. Dass Maria es mir nicht ganz zutraut, das durchzuhalten, spornt mich sogar noch etwas mehr dazu an. Aber wird es mich auch weiterbringen in der Frage, was und wohin ich möchte? Ich nehme mir vor, in den nächsten Wochen den Fokus mehr nach innen zu richten, Selbstliebe und Selbstfürsorge sollten jetzt die Stichworte für mich sein. Was macht mich glücklich? Das muss ich herausfinden und wegkommen von den halben Sachen.

ES KOMMT, WENN ES KOMMT

Ich werfe meinen Wollmantel über, ohne die Knöpfe zu schließen und haste zum Rad. Unter der Woche stresst es mich meist, pünktlich im Yogastudio zu sein. Oft ploppt genau dann, wenn ich mich gerade auf den Weg machen will, doch noch eine wichtige Mail im Posteingang auf und ich kann es einfach nicht lassen, einen Blick hineinzuwerfen – obwohl ich natürlich weiß, dass ich mich damit selbst stresse. Die Auszeit beim Yoga ist dann wie eine kleine Parallelwelt, eine Pause von der Hektik, die mich täglich umgibt und mir manchmal die Luft zum Atmen abschnürt. Inas Anstoß vor ein paar Wochen war genau richtig. Seitdem geht es mir besser und ich nutze vor allem die Atemübungen zu Beginn der Stunden, um den Tag und die Gedanken loszulassen. Oft tauchen dabei in letzter Zeit Erinnerungen an Oma Elfriede auf – immer wieder auch Gedanken darüber, wie schnell die letzten Monate vergangen sind. Vor ein paar Tagen habe ich mittags mit Sassi und Juliana schon die ersten Weihnachtsnaschereien gekauft; die waren köstlich und einfach bitter nötig. Gefühlt ist es aber auch gerade erst ein paar Wochen her, dass ich mit Ina draußen die lauen Sommerabende genossen habe. Alles geht so unglaublich schnell vorbei ... Deshalb ist Yoga so wichtig für mich geworden. Um innezuhalten und den permanenten Ablenkungsversuchen der Welt um mich herum zu widerstehen.

Als ich im Studio ankomme, setze ich mich zunächst auf die Holzbank am Eingang, um meine Schuhe auszuziehen, danach bleibt noch kurz Zeit für einen wärmenden Tee. Die schwere Metalltür schwingt immer wieder auf und zu und allmählich füllt sich der Raum. Kurz vor Beginn der Stunde betritt ein

Mann das Studio, den ich hier bisher noch nicht gesehen habe. Während der letzten Wochen sind Männer nur wie undefinierte Schatten an mir vorbeigezogen – doch die strahlend blauen Augen und seine positive Ausstrahlung fallen mir auf. Zwar ist erst Halbzeit für meine Dating-Pause, doch aus irgendeinem Grund zieht er wie auf magische Weise meine Blicke auf sich. Wahrscheinlich fühlt er sich schon beobachtet. Ich stelle meine Tasse zur Seite, um mich an meinem Platz für die Yogapraxis einzurichten; seine Matte hat er schräg hinter mir ausgerollt, sodass er mich zwar gut im Blick hat, ich ihn aber nicht sehen kann. Plötzlich kommt mir der Gedanke, ich könnte ein Loch in der Hose haben – was komisch ist, denn darüber habe ich vorher noch nie nachgedacht. Mich auf die Atemübungen zu konzentrieren fällt mir heute schwer, denn jetzt bin ich es, die sich beobachtet fühlt. Die ganze Stunde über muss ich mich disziplinieren, mich nicht umzudrehen und bei den einzelnen Asanas nicht durcheinanderzukommen.

Nach der Klasse stehe ich noch immer etwas neben mir und will gerade meine Matte zusammenrollen.

»Brauchst du auch noch Mattenspray?«, fragt da plötzlich eine helle, warme Stimme hinter mir. »Ich bin Tom«, lächelt er mich an und packt dabei seine Sachen zusammen.

»Ich habe heute meine eigene dabei«, antworte ich mit brüchiger Stimme. »Aber kann nicht schaden, danke.«

»Bis nächste Woche«, sagt er noch und verlässt dann eilig das Studio. Ich schaue ihm nach und zucke kurz zusammen, als die Tür hinter ihm ins Schloss fällt. Für den Bruchteil einer Sekunde meldet sich in mir die Frage, ob ich Maria von meiner Begegnung erzählen sollte. Aber nein, denke ich dann, dazu gibt es wohl keinen Grund – und wer weiß schon, ob er hier tatsächlich noch einmal auftauchen wird. Doch damit sollte ich mich irren …

In den folgenden Wochen treffe ich beim Yoga immer wieder auf Tom. Ich beginne sogar, mir den Tag fest einzuplanen und freue mich auf unsere Begegnungen. Dabei kommt es mir gar nicht so ungelegen, dass Ina dienstags immer ihren Dating-Abend mit Jonas hat. Vor jeder Stunde bin ich inzwischen ein wenig aufgeregt; sobald die Eingangstür aufschwingt und Tom das Studio betritt, hüpft mein Herz etwas höher. Selbst wenn ich mich davor gerade noch über Marc geärgert habe, der wegen tausend anderer Dinge, die ihm in letzter Zeit im Kopf herumschwirren, mal wieder vergessen hat, mir eine wichtige Rückmeldung zu geben, ist der Frust wie weggeblasen.

Toms Präsenz füllt den gesamten Raum aus und die Ruhe und Ausgeglichenheit, die er mitbringt, lassen auch mich vom Alltag abschalten. Oft verlassen wir das Studio zusammen, um uns draußen bei den Rädern noch zu unterhalten, bevor wir in unterschiedliche Richtungen heimfahren. Es geht meist um Yoga, gesunde Ernährung, aber auch darum, was uns im Leben so bewegt. Wenn ich ihm meine Erfahrungen schildere, ist sein Blick dabei immer auf mich gerichtet, nichts scheint ihn im Gespräch ablenken zu können. Ich genieße diese Aufmerksamkeit sehr. Durch seine direkte aber gleichzeitig sanfte Art, Dinge zu hinterfragen, hilft er mir, mich nach Oma Elfriedes Tod wieder mehr selbst zu spüren. Dieses Gefühl war mir zwischenzeitlich verlorengegangen und kommt nun Schritt für Schritt zurück.

Wie macht er das bloß, frage ich mich. Es hängt irgendwie zusammen mit der Art, wie er spricht, aber auch damit, *was* er sagt. Fast etwas Väterliches strahlt er dadurch manchmal aus. Doch noch kann ich nicht sagen, was genau es ist, das mich langsam aber sicher zu ihm hinzuziehen beginnt – vielleicht zeigt er mir ja wirklich etwas auf, das ich nie hatte? Insgeheim wünsche ich mir, dass Tom mich fragt, ob wir nach dem Kurs noch etwas zusammen trinken gehen. Seit ein paar Tagen bin ich am Grübeln, ob ich stattdessen einfach selbst die Initiative ergreifen sollte, denn zu gern würde ich unsere Gespräche weiter vertiefen und noch mehr über ihn erfahren. Andererseits könnte das diese schöne Sache, für die ich weiterhin keinen Namen finde, auch stören. Ich möchte es nicht erzwingen.

Aufgeregt steige ich die Stufen zum Yogastudio hinauf. Toms Rad ist vor der Tür bereits angekettet. »Hey, Lena! Ich hab dir schon mal eine Matte reserviert«, ruft er mir zu, als ich den Raum betrete und deutet dabei auf den Platz neben seiner eigenen. Er begrüßt mich mit einer Umarmung, die für mich unerwartet kommt. »Danke«, erwidere ich ein wenig irritiert. Damit meine ich natürlich die Matte – obwohl ich mich über den freundlichen Empfang eigentlich noch mehr freue. Dann fasse ich mich wieder. »Eventuell kommt Ina, eine Freundin von mir, auch noch dazu«, kündige ich an. Dabei bin ich mir ziemlich sicher, dass Ina auch heute nicht auftauchen wird. Als ich ihr vorgestern zum ersten Mal von Tom erzählt habe, meinte sie zwar, dass sie darüber nachdenken würde, doch abgenommen habe ich es ihr nicht. Aber manchmal ist sie ja auch für eine Überraschung gut …

Beim liegenden Twist am Ende der Stunde – Ina hat sich nicht blicken lassen – bin ich mir sicher, dass Tom seinen Blick absichtlich entgegengesetzt ausrichtet, sodass wir uns dabei in die Augen schauen. Es ist mir angenehm und unangenehm zugleich. Ich spüre sogar seinen Atem, während wir uns da so gegenüberliegen. Wie gewohnt stehen wir anschließend noch eine Weile zusammen vor dem Studio und erzählen. Am liebsten würde ich den Abschied für heute immer weiter hinauszögern, wären meine Finger nur nicht so eisig.

»Ist dir kalt?«

»Ja, ziemlich«, antworte ich bibbernd.

»Hast du vielleicht Lust, in der Weinbar hier nebenan noch was trinken zu gehen? Dann können wir ein bisschen auftauen und uns noch weiter unterhalten«, schlägt Tom vor. Dabei legt er seine Hand auf meine Schulter und fügt hinzu:»Ich mag unsere Gespräche nach dem Kurs immer sehr.«

Ich freue mich so sehr über diese spontane Idee, dass ich befürchte, vor Aufregung könnte meine Stimme gleich piepsig werden. Erst muss ich deshalb kurz schlucken, bevor ich antworten kann. Als wir kurz danach von der Kälte ins Warme kommen, glühen meine Wangen förmlich.

»Auf unsere Begegnung«, prostet Tom mir zu.

»Cheers«, erwidere ich.

Langsam taue ich – innerlich wie äußerlich – immer mehr auf. Zunächst war das Gespräch eher schleppend angelaufen. Ich konnte mir das erst gar nicht ganz erklären, aber irgendwie war es so ungewohnt, Tom gegenüberzusitzen. Jetzt, da auch die vertraute Energie zwischen uns wieder spürbar ist, genieße ich diese neue Zweisamkeit sehr. Auch Toms Fragen, die mir teilweise doch ziemlich viel abverlangen, stören dabei nicht, sondern regen vielmehr meine Gedanken an. Bisher ist es selten vorgekommen, dass jemand danach fragt, wie es mir in dieser oder jener zurückliegenden Situation ergangen ist oder woran ich Entscheidungen in meinem Leben festgemacht habe.

Als Tom davon erzählt, dass er für einige Monate in einem Kloster gelebt hat und sich durch den Abstand von seinem Leben, wie er es bis dahin gelebt hatte, neu ausrichten konnte, bin ich fasziniert. Ich frage mich im Stillen, ob das für mich irgendwann wohl auch etwas wäre.

»Ist es nicht komisch gewesen, plötzlich alle Verpflichtungen aufzugeben und sich einem fremden Rhythmus unterzuordnen?«

»Schon, aber es hat mich auch weitergebracht. Es fällt mir zum Beispiel viel leichter, Ruhe und Stille für mich anzunehmen und darin nichts Unangenehmes mehr zu sehen. Und auch im Reden und Zuhören bin ich deutlich besser geworden.«

»Gab es einen bestimmten Grund, weshalb du diese Auszeit brauchtest?«, frage ich.

Er zögert und schaut für einen Moment zur Seite. »Na ja, ich bin mit Anfang zwanzig recht früh Vater geworden. Das war nicht unbedingt geplant«, setzt er an. »Also, ich möchte meinen Sohn auf keinen Fall missen – aber damals war ich dafür noch nicht wirklich bereit.«

»Wie alt ist dein Sohn jetzt?«, will ich wissen.

»Jetzt einundzwanzig. Aber ich glaub, der wird so schnell nicht Vater«, grinst er und prostet mir zu. – »Und ich bin übrigens fünfundvierzig, falls du dich schon gefragt hast.« In die entstandene Stille hinein fragt er kurz danach: »Überrascht?«

Ich muss es zugeben: »Siehst du mir das an?«

Tom nickt ruhig. Obwohl ich tatsächlich etwas geschockt bin, möchte ich mehr über ihn und sein frühes Erwachsenwerden erfahren. Er muss damals eindeutig andere Prioritäten als ich mit Mitte zwanzig gehabt haben.

»Das ist sicher keine leichte Zeit für dich gewesen«, taste ich mich vorsichtig an eine weitere Frage heran. »Aber jetzt wirkst du so ausgeglichen – als würdest du es mittlerweile genießen, dass dich und deinen Sohn nur so wenige Jahre trennen.«

»Ja, das stimmt, ich bin sehr happy damit. Und manchmal fühle ich mich selbst wie Anfang zwanzig, wenn er mir seine Storys erzählt. Es ist schön, dass wir so offen miteinander sein können.«

Nun nehme ich doch noch einen großen Schluck Wein, um das Gehörte zu verdauen. Meine Erfahrung mit älteren Männern ist, abgesehen von Jan, deutlich begrenzt – erst recht mit erwachsenen Kindern dazu. Ich versuche mir klarzumachen, dass das aber in Ordnung ist und erst einmal überhaupt nichts bedeutet – auch wenn mir dabei unweigerlich der Gedanke kommt, dass ich vom Alter her ebenso gut eine Freundin seines Sohnes sein könnte.

»Wie war es für dich, so früh Vater zu werden?«, frage ich.

»Na ja, ich war gerade einigermaßen im Studium angekommen und dann ist erst mal alles durcheinandergewirbelt worden. Die Verantwortung, die da plötzlich war, hat mich im ersten Moment völlig überfordert. Aber nach den Anfangsschwierigkeiten haben meine damalige Freundin und ich es auch genossen«, erklärt Tom. »Unsere Familien haben uns die ganze Zeit über sehr unterstützt. Leider ist die Beziehung damals nicht stark genug gewesen, um es gemeinsam durchzuziehen. Wir verstehen uns aber nach wie vor gut. Lukas studiert inzwischen hier in Hamburg und wohnt sogar ganz in meiner Nähe in einer WG – ich bin wirklich froh, ihn zu haben.«

Ich könnte Tom noch ewig zuhören. Wie er mir alles so schildert, beeindruckt mich stark. Außerdem hat er eine wahnsinnig ausdrucksstarke Stimme, ruhig und erdend, worauf ich ihn bei dem folgenden Glas Wein anspreche. Er lacht kurz auf.

»Danke, das freut mich. Ich halte tatsächlich auch viele Vorträge und hab schon das eine oder andere Coaching hinter mir, Stimmtraining und so. Aber ehrlich gesagt hab ich das Gefühl, dass gerade die Yoga-Workshops, bei denen ich mitgemacht habe, mir dabei helfen, überzeugender rüberzukommen – sogar in meinem eigentlich ziemlich trockenen Job.«

»Was machst du denn?«, möchte ich wissen.

»Ich bin Projektmanager, im Finanzbereich«, antwortet er. »Aber genug jetzt von mir – welche dunklen Geheimnisse hütest du denn so?«, setzt er schmunzelnd nach.

Im Laufe des Gesprächs spüre ich, dass Tom mir überlegen ist. Für einen kurzen Moment kommt ein ungutes Gefühl in mir auf: Wird das hier so werden wie mit Jan? Aber nein, ich habe in den vergangenen Monaten viel über mich gelernt und kann inzwischen meine Stärken und Schwächen besser einschätzen. Dass Tom deutlich älter ist, bedeutet nicht, dass ich mich deswegen zurücknehmen oder weniger wert fühlen müsste. Ich bin, wer ich bin. Und mit wem ich mich umgebe, ändert nichts daran. Vor allem muss ich mich nicht verbiegen, um jemandem zu gefallen. So schmerzhaft gerade die Erfahrung mit Jan zwischenzeitlich auch gewesen ist – das hat sie mich auf jeden Fall gelehrt.

Dennoch kann ich nicht leugnen, dass es mich sehr beeindruckt, wie Tom von seinen Erfahrungen berichtet. Er inspiriert mich und wirkt gar nicht so wie ich mir einen fünfundvierzigjährigen Vater vorgestellt hätte, wenn ich danach gefragt worden wäre. Bisher hatte ich jedenfalls mit noch keinem Mann so gute Gespräche über Yoga. Seit seiner Kindheit praktiziert Tom jeden Morgen nach dem Aufstehen Sonnengrüße. Das habe er sich schon früh von seinem Vater abgeschaut, wie er erzählt. Zwischendurch sei es ihm dann etwas abhandengekommen, doch vor zehn Jahren habe er damit wieder angefangen.

»Gab es einen Auslöser?«, frage ich.

»Ehrliche Antwort?«

»Ja, unbedingt.«

Er lacht. »Nein, jedenfalls nicht so konkret. Ich hab eines Nachts davon geträumt und mich daran zurückerinnert, und am nächsten Morgen hab ich es einfach wieder gemacht.«

Ich lache mit ihm.

Als ich auf die Uhr schaue, ist es später als erwartet. Wir verabschieden uns kurz darauf mit einer längeren Umarmung und ich spüre seinen Atem noch einmal ganz nah bei mir. Tom fragt mich zum Abschied, ob wir am Wochenende gemeinsam bei ihm kochen wollen – er wohnt nur wenige Straßen vom Studio entfernt. Ich sage zu.

Auf dem Weg nach Hause gestehe ich mir ein, dass ich damit wohl eindeutig meine selbstauferlegte Dating-Pause gebrochen habe. Bevor ich Maria über ihre gewonnene Wette informiere, möchte ich das Date selbst aber erst einmal abwarten.

Ich ziehe meinen Lippenstift noch einmal nach, bevor ich an Toms Tür klingele, atme tief durch die Nase ein und durch den Mund aus. Leider bringt das gar nichts. Meine Knie sind weich wie Butter und ich muss den Rotwein in meinen Händen gut festhalten, um die Flasche nicht fallenzulassen. »Zweiter Stock«, ruft Tom fröhlich durch die Gegensprechanlage.

In seiner Wohnung duftet es nach frischen Kräutern und Gewürzen. Beim ersten Schritt hinein fühle ich mich auf Anhieb willkommen. Diese Wärme, die er auch sonst ausstrahlt, ist hier allgegenwärtig. Auf dem Herd köchelt etwas in einem großen Topf. Tom reicht mir einen Löffel.

»Irgendwas fehlt noch, oder?«

»Ich find's gut.«

»Okay, dann lassen wir das ayurvedische Süppchen so«, grinst er mich an.

»Oh, dann bin ich mit meinem Wein heute wohl falsch hier, oder? Hat ja mit Ayurveda nicht so viel zu tun«, grinse ich zurück.

»Ganz und gar nicht. Die Suppe soll dich bei den Temperaturen draußen nur erst mal richtig aufwärmen. Ansonsten habe ich noch Tapas vorbereitet. Die sind auch weit weg von gesund. Aber dafür echt lecker!« – Obwohl mich seine spirituelle Art sehr beeindruckt, bin ich froh, dass er dabei nicht zu streng mit sich ist. Offensichtlich genießt er auch ganz gern.

Nach dem Essen siedeln wir mit dem Wein über aufs Sofa. Während wir dort so nebeneinandersitzen und der Raum zwischen uns allmählich immer weiter zusammenschrumpft, verliere ich mich in seinen Blicken, die diese Tiefe und Geborgenheit aussenden. *Küss mich doch einfach*, denke ich. Da berühren seine Hände sanft mein Gesicht. Er streicht mir über die Wangen und schaut mich direkt an, bevor es passiert – es ist wie ich es mir vorgestellt habe, nur noch viel schöner. Seine Lippen sind vollmundig und weich und ich sinke in unseren ersten

Kuss hinein. Wir küssen uns immer wieder, reden kurz, lachen, küssen uns wieder und halten uns dabei liebevoll an den Händen. Tom streicht einfühlsam über mein Gesicht und irgendwann wandern seine Hände langsam hinunter zu meinen Brüsten und dann zu meinen Oberschenkeln. Alles ist gerade so zärtlich zwischen uns, dass ich mir wünsche, der Moment würde einfach anhalten.

»Ich genieße es sehr mit dir«, haucht Tom und legt dabei behutsam beide Hände auf meine Schultern. »Wärst du böse, wenn wir es für heute dabei belassen? Ich möchte nichts überstürzen. Aber wenn du jetzt hierbleibst, kann ich für nichts garantieren …« – Er spricht mir aus der Seele. Ich möchte mir diese Anziehung zwischen uns bewahren und meinerseits auch nichts übereilen. Wenn ich schon meine Dating-Pause abbreche, dann soll es auch für etwas Echtes und Ernstgemeintes sein. Dennoch muss ich mich zusammenreißen. Wir lösen uns voneinander und stehen vom Sofa auf. Ich rücke meine Bluse zurecht. Den Blickkontakt versuche ich dabei zu meiden, um mich nicht doch gleich wieder neben ihn fallen zu lassen. Tom bringt mich zur Tür, wo wir noch ewig knutschend verharren, bevor ich wirklich die Wohnung verlasse und mich auf den Weg nach Hause mache. Morgen werde ich fairerweise Maria kontaktieren und ihr vom Hauptgewinn berichten – meinem und ihrem.

In den kommenden Wochen verbringe ich viel Zeit mit Tom. Es ist eine der schönsten Vorweihnachtszeiten seit langem und ich genieße es, mich abends an ihn zu kuscheln und seine Wärme zu spüren. Das Vertrauen zwischen uns wächst stetig – eine Erfahrung, die in dieser Form neu für mich ist. In unseren Gesprächen sind wir völlig offen miteinander, sodass es für mich auch kein Problem ist, meine Ängste davor, verletzt zu werden, mit ihm zu teilen. Auch über die Tatsache, dass er einen erwachsenen Sohn hat und darüber, wie das für mich ist, reden wir viel miteinander. Manchmal bin ich deswegen nach wie vor etwas verunsichert, doch Toms ruhige Art, mir zuzuhören ohne das Gehörte zu bewerten, nimmt den Druck von mir. Wir werden sehen, wie es wird. Im Moment sind da aber erst einmal nur er und ich. Alles andere wird sich irgendwann schon fügen.

Bald stehen die Feiertage an. Tom will zusammen mit Lukas einen Studienfreund in München besuchen und ich werde natürlich mit Mama und Julia feiern – auch wenn der Gedanke an den Stuhl, der dieses Jahr leerbleiben wird, immer noch einen kleinen Kloß in meinem Hals verursacht.

Tom und ich haben uns für den Weihnachtsmarkt in der Innenstadt verabredet, bevor wir uns in den kommenden Tagen erst einmal nicht sehen werden. Der Rathausmarkt ist in unzählige Lichter und Farben getaucht, es herrscht dichtes Gedränge, Rauch steigt in den dunklen Abendhimmel auf. An jeder Ecke duftet es nach Leckereien und Glühwein.

»Bist du eigentlich nur über die Weihnachtstage weg, oder bleibt ihr bis Silvester in München?«, frage ich Tom, der gerade mit zwei dampfenden Bechern vom Glühweinstand zurückkommt.

»Schon Sehnsucht?«, zieht er mich grinsend auf. »Ich denke, wir sind nach Silvester zurück. Mit etwas Glück schaffen wir noch einen Abstecher in die Alpen zur Hütte meines Bekannten, aber das entscheidet sich je nach Schneelage spontan.«

Ich selbst habe mich immer noch nicht ganz entschieden, wo ich den Silvesterabend verbringen werde. Allerdings tendiere ich seit ein paar Tagen dazu, doch mit Maria und den anderen in Hannover zu feiern. Dieses Jahr hat mir schließlich schon genügend Veränderungen gebracht – da wäre es doch nett, es wenigstens in einer vertrauten Umgebung ausklingen zu lassen … Meine Füße sind inzwischen trotz der selbstgestrickten Socken von Oma Elfriede zu Eisklötzen geworden.

»Wollen wir noch irgendwo rein und uns aufwärmen – oder musst du langsam los?«, frage ich Tom.

»Nein, gute Idee. Ich hab mir den Abend freigehalten, um ihn mit dir zu verbringen«, erwidert er und legt seinen Arm um mich. Eng umschlungen gehen wir in eine nahegelegene Bar.

Ich genieße es, Tom anzuschauen und dabei seine Hand zu halten. Dass im neuen Jahr jemand auf mich warten wird und wir uns dann wieder in den Armen liegen können, macht mich sehr glücklich. Der Abschiedskuss ist heute lang und scheint nicht enden zu wollen. Nur wehmütig lassen wir voneinander ab. Zuhause blinkt auf meinem Handy eine Nachricht von Tom auf. Er fühlt sich sehr wohl mit mir und kann unser Wiedersehen nach Weihnachten kaum erwarten, schreibt er.

Ich hatte nicht geplant, mich zu verlieben. Doch weit entfernt bin ich davon nicht – oder schon mittendrin? Ich schmunzle in mich hinein. Ich muss es nur zulassen, das Unerwartete annehmen, wie es kommt – und das gelingt mir gerade ganz gut. In meinem Tagebuch ergänze ich meinen Satz von neulich mit: *Ich lasse zu und das gibt mir Kraft.*

MEIST HEITER

Ich sitze auf meiner Matte im Yogastudio. Mein Blick schweift umher, obwohl ich genau weiß, dass ich Tom erst im kommenden Jahr wieder hier sehen werde. Zwar bin ich voller Freude darüber, dass Ina heute mit mir hier ist und wir danach im Café gegenüber noch gemütlich das letzte Wochenende vor den Feiertagen zum Quatschen nutzen wollen – in Gedanken bin ich aber gerade noch bei Tom. Die Atemübung zu Beginn der Stunde holt mich jedoch ab, sodass ich meinen Fokus auf die Praxis setzen und mich von meinen Gedanken freimachen kann. Nach dem Savasana am Ende der Stunde strecke ich mich in die Länge und bin ausgeglichen und erholt.

Draußen schneit es und die Flocken wirbeln durch die Luft, während vom Hafen her die Schiffe zu hören sind. Ina hakt sich bei mir unter und wir gehen die wenigen Schritte über die Straße zu unserem Lieblingscafé in der Neustadt.

»Hallo ihr zwei! Heiße Schokolade und eine Rosinenschnecke für Ina, und ein Croissant und ein Milchkaffee mit Hafermilch für dich, Lena – richtig?«, begrüßt John uns freudig, als wir das Café betreten und wirbelt mit dem Tablett in der Hand in Richtung Bar. – »Genau richtig!«, antworten wir wie aus einem Mund und grinsen ihm hinterher.

»Ich kann gar nicht fassen, dass das Jahr fast vorbei ist. Weißt du noch, wie ich am ersten Tag zu euch ins Office gekommen bin?«

»Ich erinnere mich gut«, grinst Ina. »Wie würdest du denn das Jahr rückblickend für dich beschreiben? Ist ja ziemlich viel losgewesen bei dir. Würdest du sagen, du bist mittlerweile angekommen in Hamburg?«

»Hm«, überlege ich kurz. »Meist heiter, würde ich sagen. Es gab auf jeden Fall viele Höhen und Tiefen. Vor allem der Tod von Oma hat mich getroffen. Aber ich hab gelernt, dass geliebte Menschen kommen und gehen. Deswegen ist es umso wichtiger, den Moment zu leben und nicht zu weit in die Zukunft abzuschweifen. Und angekommen? Puh, ich weiß nicht so genau. Das kann ich eigentlich noch nicht behaupten. – Wie ist das Jahr denn für dich so gewesen?«

»Ach, bei mir war es ja eher ruhig. Klar war es schön, mit Jonas diese Reise nach Bali zu machen, aber insgesamt, würde ich sagen, war es spektakulär unaufgeregt. Ehrlich gesagt habe ich das aber auch genossen. Na ja, und dann haben *wir* uns ja kennengelernt, das ist eine große Bereicherung gewesen.« – Inas Lächeln strahlt bei diesem Satz Wärme und Dankbarkeit aus und auch mir wird dabei ganz warm ums Herz. Recht hat sie!

»Das sehe ich genauso. Ich weiß gar nicht, ob ich das alles ohne dich überhaupt so geschafft hätte. Wahrscheinlich würde ich sonst schon längst wieder in Hannover sitzen.«

»Meinst du wirklich?«

»Kann schon sein, ich weiß es nicht.«

Tatsächlich finde ich keine Antwort darauf, ob ich bei dem einen oder anderen Rückschlag vielleicht nicht einfach meine Sachen gepackt hätte. Ina ist meine Konstante hier. Sie hat mir in den letzten Monaten eigentlich immer mit Rat und Tat zur Seite gestanden, wenn ich versucht habe, diesen innerlichen Spagat zwischen dem zu schaffen, was ich glaubte zu wollen, was andere von mir wollten und was am Ende das war, was ich tatsächlich will. Es ist schön, ganz in Ruhe hier zu sitzen und einfach mit ihr zu quatschen.

»Sich Zeit zu schenken wäre auch eine gute Idee für den Wunschzettel, oder?«, werfe ich etwas gedankenverloren ein. »Jedenfalls, wenn man das Geschenk an sich selbst dann auch annehmen kann …«

»Wow, wie philosophisch, Lena!« grinst sie. »Aber mal was anderes: Was macht denn eigentlich dein Yoga-Mann? Dazu sind wir ja noch gar nicht gekommen.« – Ehrlich gesagt hatte ich mich schon gefragt, wann sie das Thema anschneiden würde; normalerweise kann sie sich ja vor Neugier gar nicht zurückhalten. Bisher hatte ich noch nicht das Bedürfnis, großartig davon zu erzählen und wollte selbst erst einmal schauen, wohin und wie sich das Ganze entwickelt. Jetzt fühlt es sich aber nach dem richtigen Moment dafür an, und so komme ich unweigerlich ins Schwärmen.

»Also, so wie du ihn beschreibst, scheint er ja ganz anders zu sein als die Männer, die du bisher hier kennengelernt hast«, resümiert Ina. »Klingt, als wäre er insgesamt nicht nur erwachsener, sondern auch zufrieden mit sich und seinem Leben.«

»Ja, das denke ich auch. Und dass er etwas anders rüberkommt, zieht mich gerade an. Es fühlt sich jedenfalls so an, als würde ich mit ihm mein bisheriges Muster durchbrechen. Ich hab immer mehr von mir gegeben als gut war – vielleicht ist Tom derjenige, bei dem es jetzt gilt, einander zu geben und gemeinsam wachsen zu können.«

John schaut immer wieder zu uns herüber. Dabei kann ich nicht genau sagen, ob er darauf wartet, dass wir noch eine Bestellung aufgeben oder ob er unser Gespräch belauscht.

»Was, meinst du, war dein größtes Learning dieses Jahr?«, fragt Ina unbeirrt.

»Du stellst aber auch manchmal Fragen! Darüber muss ich kurz nachdenken ... Ich würde sagen, dass ich meinen Fokus mehr auf meine Stärken als auf die Schwächen legen muss. Die Unsicherheit ist bisher mein größter Feind gewesen und sollte nicht mehr so viel Raum einnehmen.«

»Guter Ansatz.«

»Danke! Ich steh da zwar noch am Anfang, aber gerade mit Tom merke ich, dass ich mich von meinem alten Verhalten lösen und es anders machen möchte. Also nicht, dass ich denke, ich hätte bisher alles falsch gemacht – weißt du, was ich meine?«

»Ja, ich denke schon.«

Ich erzähle Ina in diesem Zusammenhang von meinem Tagebucheintrag und von dem, was ich kürzlich noch hinzugefügt habe. Sie schaut auf ihr Handy.

»Oh Mist, jetzt muss ich aber los! Es war echt schön, so lange zu quatschen, aber wir wollen heute noch einen Tannenbaum besorgen.« – Tatsächlich haben wir drei Stunden im Café verbracht, ohne dabei auch nur einmal auf die Uhr zu schauen. Wir wünschen einander frohe Weihnachtstage und verabschieden uns bis zum nächsten Jahr – was ewig weit weg klingt, wo es doch nur ein paar Tage sind. Unverkennbar ist dabei aber die Aufbruchsstimmung, mit der sich dieses neue Jahr schon jetzt ankündigt.

NEUANFANG

Es steht fest: Ich starte das neue Jahr in Hannover mit Maria und den anderen. Bei der ganzen Achterbahnfahrt der vergangenen Monate bin ich manchmal gar nicht so richtig dazu gekommen, mir klarzumachen, wie schmerzlich ich die zurückgelassenen Freunde doch immer wieder vermisst habe. Dennoch bereue ich nichts. – Na gut, die eine oder andere Dating-Erfahrung ist vielleicht nicht unbedingt eine Bereicherung gewesen, aber sicher waren sie trotzdem alle zu irgendetwas gut, und sei es nur für eine witzige Anekdote.

Weihnachten ist dieses Jahr sehr ungewohnt gewesen. Oma hat gefehlt. Mama, Julia und ich haben das zum Anlass genommen, diesmal alles anders zu machen als sonst. Statt Braten gab es Burger, und den Kirchgang haben wir auch sausen lassen. Dafür haben wir Eierlikör selbstgemacht und anschließend nicht zu knapp verkostet – wir waren alle so angetrunken, dass wir nach dem Essen einfach auf dem Sofa eingeschlafen sind. Aber den Baum haben wir so gelassen wie immer – Strohsterne und rote Kugeln. Ganz klassisch, so wie Oma es am liebsten mochte.

»Noch eine Stunde, bis das neue Jahr beginnt«, haucht Maria mir zu. Ich zucke leicht zusammen und verschütte beinahe den Inhalt meines Raclette-Pfännchens. Kurze Zeit später drückt Anna mir auch schon ein Sektglas in die Hand und schiebt mich zur Wohnungstür. Sie selbst klemmt sich die Packung mit Raketen unter den Arm, die schon neben dem Eingang bereitsteht. Als Kind ist mir an Silvester einmal eine Rakete gegen das Bein geflogen und zerfetzte dabei meine Lieblingsstrumpfhose; ein riesiger blauer Fleck hat mich anschließend noch wochenlang daran erinnert. Seitdem habe ich ziemlichen Respekt vor diesen Teilen. Trotzdem mag ich den Brauch, den Maria und ich seit unserem ersten gemeinsamen Silvester pflegen: Wir zünden jeweils drei Raketen an und schicken damit drei Wünsche ins neue Jahr. – Im letzten Jahr hatte ich mir einen Neustart in Hamburg gewünscht. Das ging in Erfüllung. An die anderen beiden Wünsche erinnere ich mich nicht mehr. Diesmal werde ich sie mir aufschreiben!

»Frohes Neues!«, fällt Maria mir um den Hals und reißt mich aus meinen Gedanken. Simone und Anna kommen dazu und wir liegen uns zu viert in den Armen.

»Es macht mich wahnsinnig froh, dass wir hier zusammen sind! Alles Gute für euch!«, presse ich, soweit es möglich ist, unter den Umarmungen hervor. Sektkorken und Raketen gehen neben uns hoch, Wunderkerzen blitzen auf und die Luft riecht nach Neuanfang. Maria hat bereits leere Flaschen für unsere Raketen bereitgestellt und zerrt mich zu sich herüber. Gemeinsam schießen wir unsere Wünsche für das neue Jahr in den Nachthimmel.

»Was hast du dir gewünscht?«, fragt Maria neugierig.

»Das bleibt geheim, sonst geht es ja nicht Erfüllung«, erwidere ich und nehme sie noch einmal in den Arm.

»Kommst du wieder mit rein?«

»Gleich. Ich brauch noch einen kleinen Moment für mich«, antworte ich und schicke Maria schon vor.

Ich halte inne, setze mich auf den Bordstein und lege das Kinn auf meinem Brustkorb ab. Ich schließe die Augen. Trotz des Geknalles um mich herum bin ich innerlich ganz ruhig und entspannt. Für einige Zeit denke ich nichts, bewege mich nicht und fühle nichts außer meinem Atem. Als ich die Augen wieder öffne, ist die Knallerei noch deutlich zu hören. Vorsichtig hebe ich mein Sektglas in Richtung Himmel und flüstere: »Auf ein Neues, was auch immer es für mich bereithält – ich bin dabei.« In diesem Moment muss ich unweigerlich an Tom denken. Ob er auch gerade an mich denkt? – Allmählich wird mein Hintern allerdings ziemlich kalt, aber nun bin ich auch bereit, wieder nach oben zu gehen und mit den anderen weiterzufeiern.

Zunächst schleiche ich mich aber noch einmal am Getümmel vorbei ins Arbeitszimmer, wo ich mein Lager für die Nacht aufgeschlagen habe. Ich krame mein Tagebuch hervor und notiere meine drei Wünsche für das neue Jahr:

1. *Bei mir bleiben und zu meinen Entscheidungen stehen*
2. *In absehbarer Zeit eine erfüllte Beziehung führen*
3. *Weiterhin in Hamburg ankommen, um zu bleiben*

Nebenan dröhnt die Musik und lockt mich herüber, sodass ich das Buch anschließend schnell wieder zuklappe und im Rucksack verstaue – jetzt wird gefeiert!

Am Barwagen im Wohnzimmer hole ich mir einen Drink und stoße zu Maria und Paul auf die Tanzfläche. Dabei spüre ich ganz deutlich, wie das Glück, so großartige Freunde zu haben, in mir aufsteigt. Das sollte ich viel öfter wertschätzen, sage ich in Gedanken zu mir selbst.

»Los, Simone! Hoch vom Sofa, Anna!«, fordere ich die anderen beiden auf, auch mit uns zu tanzen.

»Wo warst du eben eigentlich noch?«, fragt Anna, als sie sich uns anschließt.

»Ach, nur kurz ein bisschen *me-time* ...«, antworte ich.

Auch Simone löst sich aus der Umarmung ihres Freundes. Und dann tanzen wir Mädels zu viert, als wenn es kein Morgen gäbe. »Das sollten wir wieder öfter machen«, schleudere ich kaum verständlich in die Runde. – »Unbedingt!«, tönt es dennoch von allen wie aus einem Mund zurück.

Ein paar Stunden später falle ich müde, aber vor allem sehr zufrieden auf die Schlafcouch in Marias und Pauls Arbeitszimmer. Ich schaue noch einmal auf mein Handy und entdecke eine Nachricht von Tom: Er fragt, ob wir uns am Dienstag beim Yoga wiedersehen und danach noch etwas zusammen machen wollen. Ich kann es kaum erwarten, doch für heute lege ich das Handy beiseite.

Über mir öffne ich das Dachfenster und kann direkt in den Nachthimmel schauen, der dann und wann noch immer hell aufleuchtet. Der kalte Luftzug ist auch unter meiner warmen Bettdecke zu spüren, und wie ich so allmählich dahindämmere, beginnen im Halbschlaf die letzten Monate in Hamburg noch einmal an mir vorbeizuziehen. Plötzlich liege ich gar nicht mehr auf der Couch, sondern am Elbstrand, kurz danach auf dem Rasen des Wohlers Park, dann mitten auf einer Straße auf Sankt Pauli – und schließlich in Toms Armen.

Zum letzten Mal für diese Nacht blicke ich in den Himmel, wo das Leuchten langsam nachlässt. Meine Augen sind schon halb zugefallen. Als es noch einmal deutlich aufflackert, zeichnet sich ein Weg ab, dem ich folge. So wie ich bin – und ohne mich verstellen zu müssen.

REMINDER

Sun goes up and down.
You are problem and solution.
Life is light and dark.

You have a connection to yourself.
You have a connection to others.

Respect every creature.
Respect mother earth.

You are who you are.
You are beautiful.

DANKSAGUNG

Danke, Espressokocher, für die unzähligen Male, die du mir mein geliebtes Heißgetränk zubereitet hast.

Gesa, für die Begleitung von Anfang an. Das bedeutet mir viel.

Bianca, fürs Zuhören und deine Ehrlichkeit. Und auch fürs erneute Lesen und das Feedback während deiner Reise.

Heidi, für deine Hilfe.

Ohne dich, Kathrin, wäre der wunderbare Kontakt mit Sebastian nicht entstanden.

Sebastian, für das Lektorat, unsere vielen Gespräche, Voices, Textnachrichten und dafür, dass wir uns zwar noch nie gesehen haben (wird nachgeholt), aber trotzdem so großartig miteinander arbeiten konnten.

Vanessa, für die Gestaltung des Covers und die vielen Mittagsspaziergänge in Ottensen.

Martin, für das Coverfoto.

Thomas, für den gemeinsamen Austausch und deine Unterstützung.

Meiner Familie, für die lieben Worte, dass ich dieses Projekt nicht nur beginnen, sondern auch abschließen werde.

Danke an alle, die mich zum Schreiben ermutigt haben.

Und nicht zu vergessen: Die Erkenntnis, dass alkoholfreier Rotwein nur als Schorle genießbar ist.